LE SEIGNEUR LOUP

LA MEUTE DE TAKHINI
TOME 2

VIVIAN AREND

Ceci est une œuvre de fiction. Les noms, les personnages, les lieux et les incidents sont le produit de l'imagination de l'auteur ou sont employés de manière fictive, et toute ressemblance à des personnes, existant ou ayant existé, des entreprises, des événements ou des lieux ne serait qu'une coïncidence.

LAIRD WOLF / Le Seigneur loup

Copyright © 2015 par Arend Publishing Inc.

ISBN : 9781990674501

Correction de la version originale par Anne Scott

Relecture de la version originale par Sharon Muha

Traduit par Sophie Salaün and Valentin Translation

Conception de la couverture par Croco Designs

POÈME

Les sentiers du monde sont innombrables,
Et la plupart de ces chemins sont éprouvés ;
Tu marches sur les traces de la multitude,
Jusqu'à ce que tu arrives là où les routes se séparent ;
Et l'un d'entre eux est sûr dans la lumière du soleil,
Et l'autre est morne et maussade,
Pourtant, tu contemples de biais le Chemin Solitaire,
Et le Sentier Solitaire t'attire.

1

—————

Un mince filet d'eau s'élevait derrière les roues de sa moto tandis que Damon Black roulait sur un tronçon isolé de l'autoroute écossaise et réfléchissait à toutes les significations possibles de l'expression « *une balade d'enfer* ».

La seconde vague de la tempête grondait plus fort que le minable moteur sous lui, les nuages d'orage roulant au-dessus de lui comme dans un reportage de National Geographic diffusé à grande vitesse. Alors qu'il se rapprochait de l'imposant manoir Sterling-Wylde, il semblait que sa malchance allait persister.

Son vol de dernière minute de New York à Inverness s'était mué en vol de nuit après avoir été retardé de six heures sur le tarmac, ce qui l'avait fait atterrir à l'aéroport écossais à cinq heures du matin. La moto classique customisée qu'il avait réservée n'était pas là pour une raison qui lui échappait, et il avait pris la seule machine qu'ils avaient sur le parking. Tout ce que Damon pouvait dire sur son mode de transport, c'était qu'il avait deux roues et que son moteur n'était pas propulsé par des hamsters.

3

Pourtant, avec ce sentiment d'urgence qui l'animait, au lieu de perdre du temps, il avait foncé au milieu de nulle part pour sa mission de sauvetage. La première averse l'avait mouillé, mais l'autoroute était bien entretenue, et il avait continué. À présent, avec le ciel qui tournait au cobalt et les éclats d'argent qui se reflétaient à la surface du lac au loin, Damon se disait qu'il était sur le point d'être complètement trempé.

Juin en Écosse. Charmant.

La route n'était plus lisse, et il devait faire des embardées pour éviter d'énormes nids de poule. Ses dents claquaient, et tout son corps vibrait. La boue se décollait de l'asphalte accidenté, se collant à lui alors que le vent soufflait violemment en provenance du nord. Seule la chaleur de son corps de métamorphe l'empêchait de tomber en hypothermie.

Il baissa la tête et ignora le paysage écossais vallonné, qui, dans de meilleures circonstances, aurait pu être considéré comme joli. Tout ce qu'il voulait, c'était arriver à destination et s'assurer qu'Addie MacShay était en sécurité.

Voilà ce que signifiait l'amitié. Cela impliquait qu'il se rendait au milieu de nulle part dans le nord de l'Écosse pour sauver la meilleure amie de la femme de son meilleur ami. Il n'avait jamais rencontré cette femme, mais il était là, en plein décalage horaire et mort de faim, et s'il ne se trompait pas, à trois secondes de pouvoir se baigner dans ses vêtements.

Damon se courba plus étroitement derrière le guidon et accéléra au maximum, parcourant à toute allure les virages serrés menant à ce qui était, il est vrai, un domaine impressionnant. Quelle que soit la raison qui avait amené Addie dans cet endroit paumé, ces gens avaient de l'argent.

Il réajusta son état d'esprit quelques instants plus tard en franchissant le portail d'entrée. Un côté de l'imposante paroi rocheuse maintenait sa porte en fer tordue en position, bien que rouillée et usée, mais l'autre côté gisait dans l'herbe. Une pieuvre de métal plié se dressait vers le ciel.

La faible bruine s'intensifia, et Damon jura plus fort. Il allait se montrer avec l'allure d'un vagabond, quoi qu'il fasse.

Comme pour accroître son niveau de détresse, le pneu arrière de sa moto minable choisit cet instant pour exploser, faisant déraper la machine. Il rebondit sur l'asphalte craquelé et sur l'herbe, propulsé par son élan comme une pierre dans une fronde, et il roula de façon incontrôlée sur la pelouse saccagée.

Il atterrit sans gloire, plongé jusqu'à la taille dans un étang boueux.

Damon demeura là un moment, la pluie lui tombant sur la tête, et il jeta son casque de côté pour laisser l'eau fraîche emporter une partie des lentilles d'eau. Des mèches de cheveux lui collaient au visage, et tout, de son pantalon à ses bottes, était rempli d'eau.

Son loup n'était pas amusé.

Il ricana. Oui, ce voyage avait été une balade d'enfer jusqu'à présent, et il venait à peine de commencer.

Il n'avait pas de bagages : ils avaient été expédiés quelque part en Inde au lieu d'Inverness. D'après ses recherches, il n'y avait que peu ou pas de réseau téléphonique dans la région, ce qui signifiait que s'il se retrouvait au mauvais endroit, il aurait bien du mal à obtenir des indications, et maintenant il était assis là.

Sa journée aurait difficilement pu être plus merdique.

Un mouvement émanant de la porte d'entrée de

l'énorme édifice attira son attention sur le bâtiment qui le surplombait. Il n'avait rien à reprocher à l'architecture : son meilleur ami Jim aurait adoré voir ça. Les briques de pierre massives qui formaient l'entrée du donjon lui donnaient un air ancien tandis que les vignes qui s'enroulaient autour de la maçonnerie adoucissaient l'imposante structure semblable à un château.

Il espérait vraiment que la plomberie était moderne.

Damon se traîna hors de l'étang et retourna à sa moto en pataugeant, hissant la bécane cassée à la verticale et la manœuvrant le long de la route jusqu'à la base du large escalier.

Il mit la béquille en position puis se retourna, lançant un coup d'œil en haut des escaliers. Il découvrit deux hommes d'une cinquantaine d'années qui l'observaient. L'un d'eux aurait pu être tiré des pages d'un livre de Harry Potter, sa longue robe cramoisie enveloppant un corps mince. Son nez fin et pointu était à peine visible sous le capuchon qui lui couvrait la tête, mais même à distance, Damon sentait sa désapprobation.

— Vous ne pouvez pas laisser ce tas d'ordures ici, dit le second homme, avec un accent félin dans sa voix douce.

Il avança dans la lumière, et donna à Damon une image claire de la perfection masculine soignée.

Hum. *Ennuyeux.*

Les mannequins style GQ ne l'impressionnaient pas beaucoup, mais Damon imaginait bien que cet autre homme devait faire tourner la tête de quelques femmes, du moins si elles étaient adeptes du style « tenue impeccable ». Mais il aurait été plus à sa place dans une tour de bureaux de New York, ou dans le secteur des affaires d'Inverness, qu'ici dans les Highlands.

Le type jeta un regard superficiel à Damon avant de

renifler, de sortir un mouchoir de la poche de sa veste de costume impeccable et de le tamponner contre sa bouche.

— Ceci est une résidence privée. Vous devez partir. Maintenant.

Le loup de Damon montra les dents, prêt et enthousiaste à l'idée qu'ils règlent la situation d'une manière plus physiquement satisfaisante et sanglante. Son côté humain se battait pour la domination, sans laisser transparaître la bataille interne qu'il menait.

Maudit loup au tempérament chaud. Tout ce qui n'allait déjà pas dans cette journée atteindrait des niveaux stratosphériques s'il laissait la bête faire ce qu'elle voulait. Il fallait qu'il renverse la situation avant que les choses ne deviennent incontrôlables. Damon serra les poings et tenta la diplomatie.

— Je...

Le type en costume agita la main comme pour le congédier, et se tourna pour partir.

— Partez d'ici.

Ce n'était pas le meilleur moment pour s'en prendre à Damon ou à son loup. Il fit taire sa bête avant de rétorquer.

— Je sais que c'est une résidence privée. Je suis ici pour Addie.

Les deux hommes cillèrent. Celui qui ressemblait à un professeur, mal à l'aise, se déplaçait d'un côté à l'autre tandis que Damon montait les marches jusqu'au palier.

— Elle ne nous a pas dit que quelqu'un venait nous rendre visite.

— Est-ce un problème ? Qu'elle reçoive des visiteurs ?

Damon ne prit pas la peine de réprimer le grognement dans sa question. Il comprenait leur hésitation. Il ressemblait à un vagabond, mais s'attendre à ce que quelqu'un dans son état s'en aille sans lui proposer d'aide ne donnait pas une bonne première impression.

Il avait du mal à rester attentif, car son loup avait vraiment envie de les poursuivre tous les deux. Damon maîtrisa son côté animal et se demanda à quel genre de métamorphes il avait affaire. Il n'était pas parvenu à identifier leur odeur, en dehors du fait qu'il s'agissait de félins.

L'abruti en costume prit une décision. Il fit un geste comme pour lui tendre la main en guise de salutation avant de remarquer les mauvaises herbes et la boue qui s'accrochaient à Damon et de glisser nonchalamment ses mains dans ses poches.

— Je suis Alastair, et voici mon frère Niall. Nous sommes les propriétaires du manoir Sterling-Wylde.

— L'un d'entre nous est le propriétaire, rétorqua Niall en s'avançant, les mains croisées tandis qu'il toisait Damon avant de renifler à son tour.

Ses lèvres se tordirent, mais il hocha la tête.

— Je vais convoquer Addie pour vous.

Convoquer ?

— Dites-lui que Damon est ici.

Il croisa les bras, adoptant une posture défensive, calé contre l'une des colonnes soutenant la grande entrée sous laquelle ils se trouvaient. Il n'était pas certain que le message de son arrivée soit passé. Il espérait qu'elle n'allait pas tout gâcher en niant connaître un quelconque Damon.

Niall s'arrêta près d'un vieil interphone installé à côté des imposantes doubles portes, et appuya sur les boutons. Sa convocation envoyée, il lui jeta un regard noir depuis l'endroit où il se trouvait, tandis qu'Alastair se tenait juste à portée de main et le regardait sans ciller.

Damon les ignora. Il retira sa veste en cuir et son t-shirt, puis se servit du tissu détrempé pour essuyer la boue et les mauvaises herbes qui s'accrochaient à son visage et ses bras.

Maudits chats. Vaniteux, égoïstes et sans aucun sens de l'humour. D'un autre côté, son loup faisait des allers-retours sous sa peau comme un animal enragé qui avait envie de planter ses crocs dans quelqu'un.

Damon tordit son t-shirt dans ses mains pour en essorer l'eau. Il retourna son regard à Alastair tout en faisant tourner ses mains lentement, un sourire féroce ourlant ses lèvres tandis qu'il refusait de rompre le contact visuel.

Il était en train de se dire que ce dernier était à deux doigts de mouiller son pantalon sur le palier de marbre quand la porte à côté de Niall s'ouvrit en grinçant. Une petite femme sortit.

Il avait vu des photos d'elle, mais elles n'étaient rien en comparaison de la réalité. Ses cheveux châtain foncé étaient noués en une tresse soignée, et sa peau était d'un bronze lisse et crémeux. Elle avait des pommettes hautes sous une paire d'yeux couleur whisky que Damon avait envie de regarder de plus près. Il aurait également aimé examiner en détail ses parfaites lèvres rouges qui formaient un O de surprise.

Elle lui arrivait tout juste au milieu du torse, mais il se dit que ça irait. Il serait capable de la soulever, probablement avec un seul bras. Et s'il la mettait dans la bonne position ? Avec un bon mur solide derrière elle, et les jambes qui dépassaient actuellement de sa jupe crayon impeccable enroulées autour de ses hanches...

Le loup de Damon était en alerte et prêt à bondir, et pour une fois dans sa vie, l'homme était d'accord à cent pour cent avec l'animal. *Tout* chez Addie le rendait dur.

Elle aussi l'avait observé pendant le bref moment qu'il lui avait fallu pour être envahi de pensées concupiscentes.

Elle promena son regard sur ses cheveux en désordre avant de descendre le long de son torse nu et de se poser résolument sur l'érection croissante cachée dans son jean. Elle déglutit péniblement et ses yeux s'écarquillèrent, puis avant qu'il ne puisse dire un mot, elle franchit la distance qui les séparait et se jeta dans ses bras.

ADDIE AVAIT FAIT des paris sur la manière dont sa meilleure amie viendrait à son secours. Étant donné que Lillie avait épousé un milliardaire, certains de ces scénarios impliquaient des poursuites en hélicoptère dignes de *Skyfall*, où des hommes en tenue de camouflage envahissaient la propriété Sterling-Wylde et la mettaient en sécurité. Ou un fantasme plus romantique, où un mystérieux et ténébreux étranger se faufilerait à l'improviste une nuit, se glisserait dans sa chambre dans la tour, et après lui avoir prouvé qu'il était digne de sa confiance, deviendrait son protecteur de l'ombre pendant qu'elle vaquerait à ses tâches quotidiennes.

Jamais, même avec son imagination fertile, elle n'aurait pu rêver d'un vagabond trempé aux yeux bleu ciel et au corps taillé pour le péché. Mais si c'était ce qu'elle devait avoir...

Alors oui, elle allait l'accepter !

C'est pourquoi elle attaqua la première, s'accrochant à son cou pendant qu'elle s'enroulait autour de lui comme un nœud coulant. Il ouvrit la bouche, sans doute pour protester, alors elle fit la seule chose à laquelle elle pouvait penser avant qu'il ne parle et ne ruine ses maigres plans.

Elle l'embrassa. Fort. Elle verrouilla leurs lèvres

ensemble, se servant de toute sa force pour serrer ses jambes autour de ses hanches et le garder près d'elle.

Elle se prépara à l'impact du contact physique. Avec ses talents uniques, *merci beaucoup, maman et papa*, se rapprocher de quelqu'un avait toujours des répercussions. Elle refusait de se concentrer sur ce qui pourrait se passer, parfaitement consciente que les Sterling-Wylde la regardaient, bouche bée. Elle se focalisa donc sur Damon, et s'affaira à rendre le baiser convaincant. Tout s'écroulerait s'il ne jouait pas le jeu de sa mascarade.

Deux secondes plus tard, elle n'avait plus peur qu'il les trahisse. À la place, elle était captivée par son baiser. Par la façon dont il avait placé une main sous ses hanches pour la serrer contre lui, l'autre glissant intimement dans son dos jusqu'à ce que ses doigts soient enfouis dans ses cheveux. Ses lèvres remuaient délicieusement contre les siennes, et sa langue dansait au-delà de ses dents.

Les sensations affluèrent alors que le rideau flou qui les séparait commençait à disparaître. Elle l'avait surpris : cela avait suffi pour empêcher la bouffée d'émotions de la submerger, mais son excitation et sa curiosité étaient en train de transpercer la barrière.

Addie rompit le baiser aussi vite qu'elle le put, se forçant à sourire en pressant ses deux mains contre son torse... Oh, mon Dieu ! Son torse nu. Elle avait vu des photos de Damon en rendant visite à sa meilleure amie, mais sur les clichés de lui avec le mari de Lillie, il était entièrement vêtu. Maintenant, elle était au plus près des muscles solides comme le roc recouverts d'une peau dorée, un soupçon de boucles blondes parsemant ses pectoraux sur lesquels elle voulait faire glisser le bout de ses doigts...

Il lui fallut rassembler toute sa volonté pour le repousser jusqu'à ce qu'il la pose et qu'il y ait de l'air entre eux. Elle retira ses mains et croisa les doigts pour se retenir de le caresser à nouveau.

— Damon. Quelle fantastique surprise !

Ses lèvres se retroussèrent et il lui offrit un sourire arrogant et confiant.

— Tu aurais dû savoir que je viendrais te voir.

Addie fit volte-face et son regard passa d'un de ses hôtes à l'autre.

— Alastair, Niall, j'aimerais vous présenter Damon Black. Mon petit ami.

Trois sons simultanés lui répondirent. Le petit rire dans son dos était moins attendu que les halètements de désarroi rapidement masqués des garçons Sterling-Wylde.

Damon posa fermement ses mains sur ses épaules, et son rire s'attardait dans sa voix lorsqu'il parla.

— C'est ce que je suis. Oui. Le petit ami d'Addie. Ravi de vous rencontrer tous les deux.

— Aviez-vous prévu de rester, monsieur Black ? demanda Niall, ignorant les civilités.

— Je suis vraiment désolée, intervint Addie, retirant les mains de Damon de ses épaules, créant une barrière entre les chats et le loup qui se hérissait sous le coup de la désapprobation. J'aurais dû vous avertir avant tous les deux, mais Damon n'était pas sûr de pouvoir s'échapper, et je n'ai pas jugé utile de vous demander avant que son voyage ne soit sûr.

— C'est très gênant, protesta Alastair, dont la voix s'éleva. Ce n'est vraiment pas un bon moment...

— C'est bon, l'interrompit Niall avec un regard noir à l'attention de son frère. Je suis sûr qu'Addie continuera à travailler assidûment. Il n'y a aucune raison pour qu'elle ne reçoive pas de visites.

Alastair siffla sa désapprobation.

— C'est toi qui le dis.

Les deux hommes firent un pas l'un vers l'autre, tournant en rond pour choisir l'endroit de leur combat de chats. Addie profita de leur distraction, jetant un coup d'œil par-dessus son épaule à Damon avant d'incliner la tête vers la porte.

Il comprit le message, récupéra ses affaires et se joignit à elle.

Niall secoua la tête, faisant retomber sa capuche sur ses cheveux couleur de sable parsemés de gris, tirés en une fine queue de cheval.

— Très bien, renvoie-le, Alastair. C'est typiquement cruel de ta part. Il va sans doute mourir d'une pneumonie. Ce sera de ta faute.

— Il ne va pas mourir.

— *Si* tu as de la chance. Je vois déjà la une des journaux. Ça dira « *Une autre mort suspecte au Manoir* », et ensuite...

— Je vais juste l'emmener se laver.

Bon sang, ces deux frères pouvaient continuer indéfiniment quand ils commençaient à se disputer, comme deux petits garçons, ce à quoi elle les avait relégués dans son esprit.

Avec une tempête aussi terrible, j'espère que rien n'a été abîmé dans le jardin.

Les Sterling-Wylde la regardèrent à peine, impatients de retourner à leur bagarre. Niall agita une main dédaigneuse.

— Ne le laissez pas s'approcher des tapis coûteux.

— Attendez ! Où sont vos bagages ? s'enquit Alastair, se tournant vers eux comme s'il était ravi d'avoir découvert autre chose d'incongru.

— La compagnie aérienne les a perdus.

Damon enfila sa veste en cuir, couvrant la vaste étendue

de peau qui faisait saliver Addie. Elle ne savait pas si elle en était heureuse ou triste.

Alastair hésita, plissant les yeux en regardant son frère avant de se retourner avec un large sourire, et de se muer en hôte parfait.

— Je vais envoyer quelqu'un avec des vêtements que vous pourrez emprunter, proposa-t-il. À moins que vous ne préfériez passer votre temps sous votre forme de loup.

Niall laissa échapper un bruit, comme s'il faisait remonter une boule de poils.

— Pas dans la maison. N'importe quoi sauf des chiens dans la maison.

— Loup gris, le corrigea Damon. Je vous remercie pour les vêtements. Votre hospitalité est véritablement formidable. Je suis touché par votre offre généreuse. Je traiterai vos biens avec le plus grand soin.

Bon sang. Addie lui attrapa le bras, le tirant à travers la grande entrée vers sa tour.

Dès qu'ils furent hors de vue, elle se libéra, se dirigeant à grands pas vers la première volée de marches, avant de les grimper deux à deux.

Elle fila devant pour éviter la conversation. Silencieux à ses côtés, Damon repéra les lieux tandis qu'ils traversaient des couloirs en marbre et passaient devant d'énormes pièces annexes. Addie observait leur environnement d'un œil appréciateur. L'intérieur de la grande propriété avait été suffisamment modernisé pour être confortable, mais c'était quand même un peu rustique.

Mais l'histoire... c'était ce qu'elle aimait. Les énormes salles qu'ils traversaient évoquaient de grands bals et des parties de chasse avec la royauté. À la fois terrain de jeu politique et social pour la classe supérieure au cours des siècles passés, le manoir n'avait perdu qu'une partie de sa gloire.

Et à présent, c'était le site d'une autre bataille, qu'Addie n'avait pas à mener, heureusement.

Elle guida Damon à travers le labyrinthe de passages jusqu'à l'escalier menant à sa chambre. Ils étaient à mi-chemin du colimaçon avant qu'il ne parle.

— Est-ce que tu as un genre de fantasme de Raiponce ?

Addie frissonna, tentée par les autres fantasmes que sa voix profonde lui inspira bien trop rapidement.

— C'est la seule pièce que j'ai trouvée qui soit munie d'un verrou qui fonctionne.

— Et tu avais une raison de t'enfermer ?

Une colère mortelle planait dans sa question. Elle était presque certaine que si elle répondait « oui », Alastair et Niall se retrouveraient en sang en quelques secondes.

Addie marqua une pause sur le palier devant sa porte, transmettant autant de calme que possible à Damon.

— Je n'avais aucune raison, mais j'étais mal à l'aise. Rentre tes griffes, loup.

Il lui sourit en montrant les dents.

— Oui, *mon cœur*.

Oh, bon sang. Le truc du petit ami.

Elle allait devoir s'expliquer, et bientôt, mais avant cela, il était encore ruisselant, et une traînée d'eau marquait leur parcours dans le manoir. De l'autre côté de la tour, on avait installé une plomberie moderne dans la pièce adjacente. La décadence se déployait sous leurs yeux comme un jardin d'agrément en chrome et marbre. Encore une raison qui l'avait poussée à choisir cet endroit pour son usage personnel.

Elle fit un geste vers la douche.

— Tu dois être gelé. Lave-toi, et je vais te trouver

quelque chose à porter jusqu'à ce que les vêtements arrivent.

Damon jeta sa veste en cuir sur le côté, abandonnant son t-shirt bleu vif avec. Il ouvrit le bouton de son jean et abaissa la fermeture éclair. Addie détourna le regard vers son visage lorsqu'elle se rendit compte qu'elle le regardait se déshabiller avec une fascination bien trop grande.

Être nu n'était pas un problème pour la plupart des métamorphes. Cela faisait partie du lot, avec des bonus comme des rapports sexuels sans risque de maladie et un sens aigu de la fertilité, c'est-à-dire qu'aucun préservatif n'était nécessaire. À leur âge, le sexe sans attaches était amusant, la plupart du temps.

Mais elle n'était pas du genre à se jeter sur tous les grands méchants loups qu'elle rencontrait, c'est pourquoi même si elle avait les joues brûlantes, il était vraiment temps pour elle de mettre un peu d'espace entre eux.

Dommage qu'il n'ait pas eu les mêmes intentions.

Pas du tout. Il la fixait, et le grondement profond de sa voix la piégeait, lui clouant les pieds sur place.

— *Oooh*, mon cœur, ne t'en vas pas. J'aurais bien besoin de ton aide. Tu pourrais savonner tous les endroits difficiles à atteindre.

Son jean rejoignit le reste des vêtements sur le tas. Ses bottes étaient là aussi, noires avec des lanières en métal. Il ne semblait pas y avoir de sous-vêtements. Et oui, elle était en train d'examiner ses vêtements pour éviter de regarder *son corps nu*. Parfaitement.

— Je ne vais pas me doucher avec toi maintenant, dit Addie aussi calmement que possible.

Un autre grondement lui répondit. *Bon sang, que c'était sexy !* Mais, heureusement, l'eau se mit à couler.

— « Pas maintenant », ça veut dire « un jour ». J'aime

cette idée. C'est plus écologique de partager la douche. Je suis surpris que tu ne t'intéresses pas à la préservation de l'environnement.

— C'est ça. Comme si c'était une cause qui t'intéressait vraiment.

Bon sang ! La diversion de Damon avait fonctionné. Elle se retourna pour lui faire face, et eut une vue frontale en guise de récompense. Pendant un moment, elle resta bouche bée malgré elle. Les muscles saillants qu'elle avait vus sur tout le haut de son corps n'étaient pas les seuls. Ils continuaient au-delà du *hum-hum, au milieu qu'elle ne voulait pas que son cerveau enregistre*, jusqu'à des cuisses et des mollets sculptés et, lorsqu'il se tourna, des fesses dans lesquelles elle avait envie de planter ses dents.

— Bon sang, tes fesses sont magnifiques !

Elle referma la bouche avant de dire quelque chose de spécifique concernant ses autres atouts.

Damon lui lança un sourire amusé par-dessus son épaule.

— Sur ces mots, je vais arrêter de te taquiner. J'ai froid, et j'ai faim aussi, si ce n'est pas abuser. Je n'ai pas pris le temps de prendre un petit déjeuner avant de quitter l'aéroport.

Elle était une idiote. Elle était là, à perdre du temps à le reluquer alors qu'elle aurait dû s'occuper de lui.

— Dès que tu seras habillé, nous descendrons prendre le petit déjeuner. Il est presque l'heure.

Damon capta son regard. La puissance du loup Alpha la toucha alors qu'il lui offrait une promesse rassurante.

— Tout va bien se passer, Addie. Je vais prendre soin de toi.

Elle se hâta de sortir de la salle de bains, un peu inquiète de voir à quel point les papillons dans son ventre virevoltaient à cette annonce. Sa louve s'étira en elle, exprimant son désir d'être choyée, et Addie ne pouvait pas le nier.

Ses promesses, *toutes*, exprimées ou implicites, lui semblaient aussi sacrément intéressantes.

2

———

Damon récura la crasse écossaise de son corps et de sous ses ongles puis se dépêcha de se sécher pour pouvoir rejoindre Addie.

Elle n'était pas telle qu'il s'y attendait, en tout cas, pas d'après ce qu'il avait appris au cours des derniers mois lorsqu'il avait rendu visite à Jim et Lillie. Addie n'avait rien à voir avec la femme de son meilleur ami. Elle était bien plus indépendante et audacieuse, et tout en lui était curieux d'en apprendre plus.

Enfin, tout, à l'exception de son loup, ce qui rendait la situation inhabituelle. Ils étaient là, face à une nouvelle femme qui appuyait sur tous ses boutons. En temps normal, son côté animal aurait dû avoir envie de s'amuser, surtout qu'elle aussi était louve. Mais, non. Après l'élan d'intérêt initial, apparemment, l'autre partie de lui boudait. Damon le loup s'était retiré au plus profond de lui et l'avait laissé à son humanité.

Mais vu la relation amour-haine qu'il entretenait avec sa bête intérieure, qui savait ce qui n'allait pas ? Peut-être était-elle simplement énervée d'avoir été traînée à travers le monde sans avoir assez à manger.

Addie s'était retirée sur le balcon, et les portes-fenêtres étaient ouvertes pour laisser entrer la brise matinale de la lande. L'air était frais après la tempête, et quelque part, pas très loin, une tonne d'oiseaux gazouillaient à tue-tête.

Damon sortit pour se mettre à côté d'elle, appuyant ses coudes sur la balustrade du balcon, observant le paysage.

— Pour un endroit situé au bout de l'univers, ce n'est pas si mal, dans le genre boueux et pas drôle à voir.

Elle ricana.

Pour une raison qu'il ignorait, sa réaction titilla son sens de l'humour.

— Quoi ? Serais-tu en train de me dire qu'on est au centre-ville de la capitale de l'Écosse ?

Le soleil miroitait sur sa peau brune et lisse lorsqu'elle se tourna vers lui, et il fut tenté de la lécher pour y goûter.

— D'après ce que j'ai entendu, tout ce qui n'est pas à cinq pas de Times Square à New York, c'est la cambrousse pour toi.

Damon inclina la tête, luttant pour ne pas sourire trop fort.

— J'ai des goûts plus raffinés que certains.

— C'est ton avis. C'est ce que portent les loups les mieux habillés de Wall Street ces jours-ci ?

Elle posa un ongle sans vernis sur le tissu de sa hanche, là où il avait enroulé une serviette autour de son aine.

Il ne savait pas vraiment pourquoi il s'était couvert, étant donné que les métamorphes ne se formalisaient pas de voir un peu de peau. Il baissa la voix et invita sa louve à venir jouer.

— C'est plus amusant de te donner quelque chose à déballer.

Un éclat de rire lui échappa, et elle lui planta le doigt dans l'estomac.

— Oh, bon sang, va-t'en.

— Pourquoi ? Es-tu en train de me dire que nous avons une relation platonique ? Je suis censé être ton petit ami.

Addie marqua une pause.

— À ce propos...

Damon secoua la tête.

— Hé, ne t'inquiète pas, ça me va qu'on soit ensemble. Je ne sais pas comment on en est arrivés là, mais je ne vais pas protester, *bébé*. Je suis sûr que nous serons sacrément sexy ensemble.

Il remua les sourcils... en direction de son dos qui s'éloignait de lui. Elle avait fait volte-face pour s'échapper dans la chambre.

— Si tu continues à t'éloigner de moi, nos conversations vont prendre beaucoup de temps.

— Ce n'est pas une conversation si tu continues à raconter n'importe quoi, le tança-t-elle par-dessus son épaule. Nous avons une demi-heure pour nous rendre à la salle à manger. Tu veux savoir ce qui se passe ?

Il poussa un soupir dramatique en s'installant sur le lit, faisant gonfler les oreillers avant de les empiler contre la tête de lit et de s'y adosser.

— Vas-y. Dis-moi ce que tu as en tête, mon cœur.

Si on avait pu tuer d'un regard, il aurait été éviscéré. Voilà qui allait être amusant.

— Je te l'ai dit, ce n'est rien de particulier, si ce n'est le fait d'être constamment surveillée.

Damon ricana.

— Maudits chats.

Addie hocha la tête.

— Oh, mon Dieu, *oui* ! Je veux dire, j'ai travaillé avec

toutes sortes de métamorphes, mais ces deux-là en particulier... ? demanda-t-elle avec un frisson visible. Quand j'entre dans une pièce, je m'attends toujours à trouver Niall en train de se toiletter, et je parle de sa forme humaine, pas celle de son tigre des Highlands.

Eh bien, voilà qui était nouveau.

— Un *tigre* des Highlands ? Genre, avec des rayures, des grognements, et tout ?

— Ils ont une queue arrondie avec des anneaux noirs distinctifs, un peu comme un raton laveur, mais oui, ils ont des rayures de tigre sur le torse.

— Et ils te mettent mal à l'aise ?

Ce n'était pas vraiment une question. Sa manière de tressaillir chaque fois qu'elle les mentionnait était une réponse suffisante.

Elle hésita, puis hocha la tête.

— Je n'aime pas ressentir ça envers qui que ce soit. C'est comme si je les jugeais avant de les connaître. Mais comme ils ne vivaient pas ici il y a encore un mois, et qu'ils n'ont pas *besoin* d'y être, j'aurais aimé faire mon travail sans m'inquiéter que l'un ou l'autre entre dans la pièce où je suis et passe l'heure suivante à rôder en silence.

— Qu'est-ce que tu fais ? demanda Damon, sincèrement curieux. C'est un endroit étrange pour qu'une femme célibataire s'y rende seule dans le cadre d'une mission professionnelle.

Un adorable petit froncement de sourcils apparut sur son front tandis qu'elle s'asseyait sur la chaise en face de la table de maquillage antique.

— Tu ne le sais pas ?

Il secoua la tête.

— Tout ce à quoi j'ai eu droit, c'est à un message de

Lillie me demandant de venir prendre soin de toi. Alors je suis venu.

— Oooh ! s'exclama-t-elle, tandis que son expression s'adoucissait. C'est la meilleure.

Damon fit la grimace.

— C'est *elle* la meilleure ? C'est moi qui me suis ramené ici pour jouer ton chien de garde.

Addie lui sourit.

— Très bien. C'est qui le bon garçon ? Mais oui ! C'est toi le bon garçon !

— Ça suffit les blagues sur les chiens, lui ordonna-t-il, mais il rit malgré lui. Pourquoi nous préparons-nous à nous battre avec le duo de la litière ?

— Je suis catalogueuse. C'est mon boulot de répertorier tout ce qui a de la valeur maintenant que Lord Sterling-Wylde est décédé. Les autorités travaillent sur le testament, expliqua Addie avec une grimace. Ou peut-être devrais-je dire *les* testaments, car on en a découvert quatre jusqu'à présent. J'en ai trouvé un dans le garde-manger la première semaine où j'étais ici, et un autre une semaine plus tard dans une chambre.

Le garde-manger ? Il se tramait quelque chose de bizarre.

— Mais les testaments, c'est aux avocats de s'en occuper. Il faut juste que j'établisse l'inventaire final pour quand ils décideront lequel des garçons est le véritable héritier du manoir, Alastair ou Niall.

— N'est-ce pas évident ?

Elle ricana.

— Euh, non. Réfléchis à ça. Lord Sterling-Wylde meurt, et deux testaments sont présentés : un par Alastair, l'autre par Niall.

—Laisse-moi deviner. Chacun nomme un héritier différent.

— Bingo. Et puis je commence à travailler et je trouve une autre version. Les garçons ont emménagé dans le manoir le jour suivant.

Elle se leva pour répondre lorsqu'un coup fut frappé à la porte.

Soudain, les choses devenaient plus logiques.

— Voilà pourquoi ils se comportent de manière louche avec toi. Ils convoitent tous les deux cet endroit, et ils pensent que s'ils ne sont pas dans les parages, cela pourrait compromettre leurs chances d'hériter.

— Évidemment que c'est pour ça qu'ils observent, mais ça me semble toujours aussi dingue. Je veux dire, ce n'est pas comme si leur présence pouvait m'empêcher de faire part de tout ce que je trouve aux avocats. À moins que les garçons ne prévoient de faire quelque chose de mal, genre me tuer et cacher mon corps, ce qui me paraît un peu trop dramatique, même pour eux.

Les poils de Damon se hérissèrent à la pensée que quelqu'un pourrait poser un doigt sur elle.

Elle tint la porte tandis que deux hommes en uniforme apportaient quatre valises anciennes et les empilaient sur le banc au pied du lit. Les domestiques regardèrent Damon, et il ne put s'empêcher de montrer ses crocs en souriant.

Ils s'empressèrent de fuir.

— Tu as l'intention de te montrer difficile à ce point tout le temps que tu seras ici ?

Elle traversa la pièce à grands pas pour ouvrir les loquets de la première valise.

— Hé, j'étais juste en train de mettre en place mon déguisement. Je suis le petit ami sexy et protecteur qui est venu te rendre visite et dont tu ne peux pas te passer.

Damon glissa hors du lit et s'approcha d'elle, ignorant les bruits de haut-le-cœur qu'elle faisait.

— Et je ne suis absolument pas difficile. En réalité, je n'ai pas beaucoup d'exigences : il faut me nourrir, me caresser, répondre à mes besoins physiques...

La première valise était entièrement remplie de grands morceaux de tissu écossais. Addie en attrapa un et le lui tendit.

— Bien sûr, j'adorerais ça.

Il faillit en laisser tomber le tissu. Après tous ses regards timides, c'était la dernière chose qu'il s'attendait à entendre.

— Vraiment ?

Elle fit marche arrière, disparaissant dans la salle de bains en criant.

— Sans le moindre doute. Il y a une laisse quelque part par là. Cela ne me pose aucun problème de t'emmener en promenade plusieurs fois par jour.

Bon sang, il l'appréciait *vraiment*.

— Tu sais, toi aussi tu es une louve. Toutes ces plaisanteries sur les chiens pourraient amener les gens à penser que tu n'as pas le moindre hurlement en toi.

L'eau se mit à couler et il s'approcha, espérant avoir un aperçu plus révélateur. Et non. Rien de très excitant, à moins qu'une bonne hygiène buccale soit un penchant pervers.

Elle s'interrompit au milieu de son brossage de dents pour lui répondre.

— C'est le problème quand on fréquente d'autres métamorphes. Certes, je suis une louve, mais j'ai passé des tonnes de temps avec Lillie et ses parents ours, et il y a pas mal de renards métamorphes ici en Écosse.

Elle croisa son regard dans le miroir. Puis elle agita sa brosse à dents dans sa direction.

— Dépêche-toi. Trouve un truc à porter. On part dans cinq minutes.

Et c'est ainsi qu'il se retrouva à arpenter les couloirs à ses côtés, une antique chemise en lin couvrant le haut de son corps et un morceau de kilt plutôt léger attaché autour de ses hanches. Après une fouille minutieuse des valises, il n'avait trouvé aucune paire de chaussures. Il avait donc enfilé ses bottes et était actuellement en train de faire abstraction de ses orteils qui pataugeaient à chaque pas.

— Je suppose que ça signifie que tu as l'intention de rester dans le coin ? demanda Addie en le guidant devant des bannières et des portraits officiels, et ce qui ressemblait pour Damon à un musée rempli d'artefacts.

Autant de raisons pour qu'Alastair et Niall veuillent chacun être l'unique propriétaire du manoir.

Eh bien, il allait s'assurer qu'Addie resterait en sécurité. Deux chatons ne l'inquiétaient pas le moins du monde.

— Bien sûr que je vais rester dans le coin. C'est pour ça que Jim m'a appelé.

Elle le mena vers un large escalier qui tournait dans le sens des aiguilles d'une montre.

— Je vais être ici pendant un certain temps. Je ne veux pas t'empêcher de faire ton travail.

— Non, ne t'inquiète pas pour ça. On ne m'attend nulle part.

Damon ne put résister. Protéger Addie, ce n'était pas un problème. Mais il n'y avait aucune raison pour qu'il ne puisse pas s'amuser en même temps. Il sauta sur la balustrade, la laine serrée de son kilt formant une barrière glissante parfaite entre lui et le chêne poli. Il descendit rapidement, les bras tendus pour garder l'équilibre, tandis que l'air tourbillonnait à mesure qu'il approchait du bas...

Où une énorme balustrade barrait le chemin entre lui et le palier du rez-de-chaussée.

Il avait tout juste trois secondes pour imaginer une solution qui ne se termine pas par un métamorphe brisé, aux couleurs écossaises. Il choisit un timing parfait, se saisissant du nœud supérieur en bois et laissant son élan le propulser par-dessus, atterrissant en équilibre accroupi sur le tapis tissé antique.

Une domestique se tenait sur le côté du grand hall, les yeux ronds comme des soucoupes. Damon tira un chapeau imaginaire dans sa direction avant de se retourner vers l'escalier et d'attendre Addie.

Cela ne fut pas long, et lorsqu'elle atteignit le niveau inférieur, elle affichait une expression de colère.

— Hé, je n'ai pas fait de dégâts, protesta-t-il.

Elle planta une main dans son dos et le poussa dans le couloir, parlant juste assez fort pour ses oreilles de loup.

— Tu as aussi tout montré à cette pauvre Charlotte ! As-tu oublié que tu ne portes pas de sous-vêtements ?

Quel genre de question était-ce ?

— Je porte un kilt.

Elle ne sembla pas penser que c'était une réponse suffisante. Il se hâta d'avancer pour pouvoir se retourner et marcher à reculons, scrutant son visage à la recherche d'indices sur la façon de procéder. L'expression hautaine qu'elle arborait farouchement était suffisamment mignonne pour qu'il soit tenté de la prendre dans ses bras et de l'embrasser à pleine bouche, juste pour voir combien de temps elle pourrait conserver une moue avec sa langue dans la bouche.

— Je suis désolé. Je vais bien me comporter, jura-t-il, une main en l'air.

— N'essaie pas de me manipuler, marmonna-t-elle. Je

sais reconnaître la manipulation quand je la vois, et c'est ce que tu essaies de faire.

— Jamais.

Damon plaqua une main sur sa poitrine, se déplaçant à toute vitesse pour suivre le rythme. Il se pencha pour la regarder droit dans les yeux, battant des cils comme un jeune innocent.

— Sauf si tu aimes être manipulée, parce que, dans ce cas... alors oui, carrément.

Elle sourit.

— Rappelle-toi que j'ai un boulot à faire, et que même si je suis heureuse que tu sois là, j'espère que ce n'était pas une erreur.

Quelque chose arriva dans un flou au coin de sa vision périphérique, et Damon se retourna, bougeant instinctivement pour la protéger.

Alastair avait surgi de nulle part et marchait à leurs côtés.

— Oh, doux Jésus, dit-il en s'avançant, son regard passant de l'un à l'autre, l'œil calculateur. J'espère qu'il n'y a pas de problème entre les deux tourtereaux.

Damon passa mentalement en revue ce dont ils avaient parlé, et ce que le chat avait pu écouter en douce. Il n'avait pas l'impression qu'ils aient laissé échapper quelque chose, mais il était sans doute plus sage de changer de sujet.

— C'est un bâtiment impressionnant. Votre maison.

Alastair faillit tomber en se rapprochant de Damon, ajustant sa veste de costume comme s'il allait être filmé.

— Elle est dans la famille depuis le XVe siècle, quand les membres du clan Sterling-Wylde sont devenus les seigneurs de toute la région.

— Il y a une signification historique intéressante..., commença Addie, mais elle fut interrompue par Alastair.

— Intéressante ? *Ha !* Seulement si tu trouves la mort et la destruction divertissantes. C'est une chose de régner, mais il y a eu des périodes sombres dans notre passé, et maintenant tout cela revient nous hanter.

Plus il parlait, plus il devenait mélodramatique et moins Damon était inquiet.

— Hanter. Vous voulez dire que c'est vraiment hanté ?

— Malédictions mortelles et autres, oui.

Alastair fit un geste vers le mur à côté d'eux et les énormes portraits accrochés sur cet espace de vingt pieds de haut. Les personnes représentées semblaient plus féroces que celles que Damon avait vues plus tôt.

— Le côté Wylde de la famille. Notre grand-aïeul a pillé le manoir et a épousé la fille du précédent Lord Sterling. C'est là que les ennuis ont commencé, et pour cela que tout s'écroule. Une fois que j'aurai pris possession du château, je ferai tout ce qui est possible pour lever la malédiction.

Si une musique sinistre avait commencé à jouer à ce moment-là, Damon en aurait été ravi.

— Est-ce que cela implique de brûler de la sauge et de pratiquer des rituels secrets ?

Alastair lui jeta un regard mauvais.

— Cela va bien au-delà de cette bâtisse. C'est notre *famille* qui a été maudite, et je n'ai pas besoin de cette ancre autour de mon cou alors que j'essaie d'inverser la tendance. Non, la seule façon d'empêcher notre nom de famille de descendre dans les profondeurs de l'ignominie est de se débarrasser de tout. Vendre les bibelots, démolir le château...

— Oh, je t'en prie, tu ne vas pas recommencer, Alastair ?

Ils étaient entrés dans une salle à manger solennelle où une table centrale d'au moins dix mètres de long était entourée de chaises massives. À l'une des extrémités, le couvert avait été mis pour quatre personnes. Niall était déjà assis au bout, ajustant sa robe en jetant un regard désapprobateur à son frère.

— Ce n'est pas bon pour ma digestion de devoir t'écouter constamment déblatérer au sujet de ces contes de fées.

Alastair s'avança en agitant le doigt devant le visage de Niall.

— Ce n'est pas bon pour ma tension artérielle que tu ignores les faits. Tant que Sterling-Wylde sera debout, nous ne serons jamais libres.

Damon aurait aimé avoir du pop-corn. Il posa une main dans le bas du dos d'Addie en la guidant vers les deux chaises situées du même côté de la table, la plaçant au plus loin des frères.

— On dirait que vous avez une vision différente de la manière dont les choses fonctionnent, Niall.

L'homme renifla.

— J'ai la *bonne* vision. Il n'y a pas de malédiction. Il s'agit tout simplement d'une mauvaise gestion des affaires. Une fois que j'aurai la propriété officielle du domaine, j'arrangerai les choses assez vite.

Alastair se laissa tomber sur la chaise en face d'eux et entreprit de remplir sa tasse de café de sucre, cuillère après cuillère, tout en évitant de croiser le regard de son frère.

— Tu pourrais essayer, si la malédiction ne te tue pas avant. De plus, rien ne dit que c'est toi qui vas récupérer la propriété.

— Nous nous sommes mis d'accord pour ne pas discuter de ce sujet, puisqu'il n'est pas de notre ressort pour le moment. Mais puisque le... petit ami d'Addie a demandé, laisse-moi expliquer mes plans pour le futur, répondit Niall avec un regard désapprobateur à l'attention de Damon.

Addie jouait avec les couverts, laissant échapper un léger soupir. Damon lui jeta un coup d'œil inquiet, mais elle sourit avant de lever les yeux au ciel quand Niall commença.

— Ce manoir est un exemple grandiose et glorieux de notre histoire, et sa prospérité doit être partagée avec les générations actuelles. Une fois que j'aurai procédé à quelques restaurations, ce sera à nouveau un véritable terrain de jeu. Comme au bon vieux temps, lorsque la royauté venait chasser et pêcher, et que des réjouissances sauvages animaient les salles de bal.

— Un hôtel ? demanda Damon.

— Pas vraiment. Cela implique que les roturiers y seraient admis, alors qu'il ne sera destiné qu'à la clientèle la plus distinguée et la plus raffinée. Nous accueillerons les riches et célèbres du monde entier, et à nouveau le nom de Sterling-Wylde sera glorifié en notre compagnie.

Niall glissa une serviette en lin dans la lourde cravate en brocart qu'il portait autour du cou.

— Même si je ne m'attends pas à ce que *vous* compreniez. À l'évidence, c'est bien au-dessus de vous.

Bon sang. *Les garçons*, comme Addie les appelait, étaient des abrutis ennuyeux et des enfoirés condescendants en même temps. Il comprenait le pourquoi de son soupir si c'était le baratin qu'elle devait endurer depuis une semaine.

Et que faire à ce sujet ? Damon sourit. Les enfoirés condescendants étaient ceux dont on pouvait le plus facilement se moquer sans qu'ils s'en rendent compte.

— Je suis sûr que je ne comprends rien, mais vos deux plans semblent tout aussi excitants, et je vous promets de faire tout ce que je pourrai pour vous aider. Je veux dire, je suis venu ici pour voir Addie, mais c'est *plus grand* que juste nous. C'est une chose dans laquelle je sens que je dois m'impliquer, et qui pourrait changer ma vie pour toujours.

Il en faisait un peu trop, mais il s'amusait trop pour s'arrêter.

Les deux frères le fixaient, Alastair avec un regard légèrement méfiant et Niall avec une malice calculée.

— J'aime votre attitude, déclara Niall.

— Moi aussi, convint rapidement Alastair. Si vous voulez vous impliquer, nous pourrions avoir besoin de votre aide.

Niall jeta un regard mauvais à son frère.

— J'allais le suggérer.

— Mais je l'ai dit en premier.

— Il travaillera dans les jardins, annonça Niall.

— Quel gaspillage de ressources ! C'est le problème avec toi, mon frère, tu penses trop petit, répondit Alastair avec un geste vers Damon. Il équivaut à la moitié d'une escouade de brutes à lui tout seul. L'autre jour, Addie a demandé de l'aide pour déplacer des choses. Je propose qu'on engage Damon pour s'occuper de soulever les grosses charges.

— Oh, vous m'engageriez ? Genre, vous allez me payer et tout ? s'enquit Damon. Cependant, est-ce légal ? Parce que je...

— Bien sûr. De l'argent chaque semaine, ainsi que le gîte et le couvert, proposa Niall. Personne d'autre n'aura besoin de le savoir.

— Wouah. Je n'y ai jamais pensé. C'est génial ! s'écria Damon avant qu'Addie ne le pince fort à la cuisse.

Ses yeux étaient plus brillants que d'habitude, et elle tremblait en s'accrochant aux bras de sa chaise, s'adossant pour permettre à la domestique de placer le petit déjeuner devant elle.

— Qu'est-ce que tu en dis, mon cœur ? Tu ne crois pas que c'est une bonne idée que je sois ton assistant ?

Il lui adressa son plus beau regard de chien battu, et elle trembla plus fort, déglutissant avant de parler.

— Si Alastair et Niall t'engagent, je suis sûre que je peux te trouver des choses à faire.

— Fabuleux. Alors, c'est décidé, proclama Niall avant de s'attaquer à son assiette de nourriture.

Damon était trop affamé pour ignorer le festin qui se trouvait devant lui. Mais ce fut une satisfaction pour d'autres motifs qui maintint un sourire sur son visage alors qu'il attaquait la saucisse et les œufs. Avoir un travail officiel lui donnait une excuse pour rester proche d'Addie à tout moment. De plus, cela pourrait lui faire gagner quelques bons points, puisqu'il ne serait plus un vagabond sans emploi, et tout. Il avait vu le regard désapprobateur d'Addie lorsqu'elle avait cru qu'il n'avait pas d'emploi.

Certes, le voyage avait commencé comme une mission de sauvetage, mais maintenant ? Cela allait devenir très amusant. Et cela convenait parfaitement à Damon. Il aimait s'amuser.

Il devait juste convaincre Addie de s'amuser avec lui.

$$3$$

Elle devait bien admettre qu'elle s'était bien amusée pendant que Damon plaisantait avec les garçons au petit déjeuner. Il ne prenait manifestement pas les choses trop au sérieux, pas même lui. Cependant, il disposait d'une puissance de métamorphe suffisante pour qu'un seul regard direct suffise à faire reculer ses hôtes après le repas, les laissant seuls pour se rendre au salon des gentlemen et commencer sa journée de travail.

C'était il y a quelques heures, et pour la première fois depuis le retour des garçons à Sterling-Wylde, elle s'amusait beaucoup.

Comme elle n'avait pas à s'inquiéter des tigres des Highlands, elle se plongea dans sa mission, se concentrant entièrement sur la tâche à accomplir, à savoir inventorier le fumoir rempli à ras bord.

Cette tâche était apaisante. Elle se déplaçait méthodiquement dans la pièce et ajoutait des articles à l'inventaire principal. Elle était douée pour ce qu'elle faisait, voilà pourquoi elle était engagée pour tant de missions de haut niveau. Elle allait bien au-delà de la simple création d'une liste. Elle classait les objets par dynasties, familles régnantes et sections historiques du foyer.

Elle ne déplaçait rien sans remettre l'objet là où elle l'avait trouvé. Sur un point, Niall avait raison. Sterling-Wylde avait été mal géré ces dernières années. Il y avait des objets de la salle à manger éparpillés partout, et même des éléments, qui appartenaient aux écuries, accrochés aux murs, sans doute parce que le Lord Sterling-Wylde avait apprécié de les regarder.

En ce qui la concernait, les objets étaient faits pour être utilisés, mais si le manoir devait vraiment être apprécié par le plus grand nombre, il nécessitait d'abord beaucoup de travail.

Quelque chose tomba sur le sol, et un tintement métallique fut suivi d'un doux juron.

D'accord, donc elle n'avait pas été concentrée à cent pour cent sur sa tâche pendant tout ce temps. Il y avait eu une importante *distraction*, sexy, qui sentait bon... dans la pièce.

— Ne touche pas au fer à cheval, s'il te plaît, répéta-t-elle pour la énième fois. Pour ce qui était de toucher, pas pour le fer à cheval. Ça, c'était nouveau.

— Qu'est-ce que je *peux* toucher ? demanda Damon, légèrement de mauvaise humeur. Je suis censé t'aider, mais jusqu'à présent, la seule chose que j'ai déplacée, c'est une chaise.

— Ne t'inquiète pas, tu auras de nombreuses occasions de faire travailler tes muscles. Ce n'est pas ici que j'aurai besoin d'une aide physique.

Elle s'approcha et lui prit le U métallique d'une main ferme. Addie traversa la pièce jusqu'à la cave à cigares et remit le fer à cheval décoratif dans sa position initiale sur le dessus.

— En fait, tu m'aides juste en étant ici. En temps normal, l'un ou l'autre des garçons serait déjà passé et serait resté assez longtemps pour me mettre mal à l'aise.

Damon la regarda avec une étrange expression.

— Ils n'ont jamais rien fait, c'est juste gênant de les avoir…

— Ce n'est pas ça. J'ai compris, ils sont louches, mais ils n'ont jamais dépassé les bornes, dit-il en pointant son pouce sur elle. Comment as-tu su où j'avais pris le fer à cheval ?

— J'ai une bonne mémoire, répondit-elle sèchement en revenant là où elle avait laissé son iPad.

Son commentaire lui valut un hochement de tête, mais elle reconnut sa nouvelle expression. Il ne savait pas de quoi elle parlait.

— Est-ce qu'il y a quelque chose que je peux faire pour t'aider ? la supplia presque Damon. Tu veux boire quelque chose ? Est-ce que tu as faim ? Et si je chantais pour toi ?

Bon sang, elle espérait ne pas avoir à le divertir pendant tout ce temps.

— Est-ce que tu es toujours aussi agaçant ?

— Ce n'est pas agaçant, insista-t-il. C'est charmant. C'est même séduisant.

Il lui adressa un regard suggestif, et elle manqua de s'étouffer.

— Ne refais plus ça, lui ordonna-t-elle.

Damon s'affala dans le fauteuil le plus proche. (*Objet 1511 : XVIe siècle, pieds en acajou, coussin en sergé ; règne de Jacques VI.*)

— Tu ne prends jamais de pause café ?

— Pas souvent, admit-elle. Comme je travaille seule, en gros je fais toutes mes heures et j'arrête ensuite.

— Bon sang, mais tu travailles au fouet ! Pourquoi tous les gens que je connais sont-ils des bourreaux de travail ?

— À l'évidence, tu fréquentes des gens bien.

— Les personnes atteintes de TDAH. Mais il y a une solution. Nous allons faire une pause café ici, proposa Damon en observant la pièce, et son visage s'éclaira lorsqu'il repéra quelque chose. Je te défie : faisons une partie d'échecs.

— Apparemment, tu aimes être puni !

Addie se remit au travail, ouvrant un nouveau document sur son iPad pour les pipes antiques stockées dans une vitrine sur le mur.

— Oh, allez ! la railla-t-il. Je te promets d'y aller doucement avec toi. Je te laisserai gagner quelques pièces.

Il ne savait pas dans quel pétrin il était en train de se fourrer.

— Je ne crois pas...

— Ce sera amusant. Je te le promets. Crois-moi, Addie, je sais comment rendre les choses amusantes.

Il se rapprocha, ses yeux brillants rivés sur elle alors qu'elle s'écartait.

Sa louve avait envie de sortir pour le rencontrer. Bon sang, son côté humain avait envie de le lécher entièrement de haut en bas. Être observée par les Sterling-Wylde n'avait jamais produit cet effet sur elle.

Il n'y avait pas deux manières de le dire : Damon l'excitait.

Mais Addie se tança vertement. Ce n'était pas le moment, et certainement *pas* l'endroit, et même si l'attirance mutuelle brillait clairement dans ses yeux, batifoler serait trop compliqué. Elle n'avait pas besoin de complications.

Seulement, le temps qu'elle prenne une décision ferme, et qu'elle se prépare à le repousser, Damon avait franchi la distance qui les séparait. À petits pas, comme s'il la traquait.

Il l'éloigna de la délicate vitrine d'exposition sans qu'elle s'en rende compte, jusqu'à ce que son dos heurte un mur couvert de bois.

Ses yeux oscillèrent entre l'humain et le métamorphe, ses narines se dilatant alors qu'il se rapprochait.

— Il y a quelque chose chez toi… Est-ce que tu es sûre qu'on ne s'est jamais rencontrés avant ? À une fête, peut-être ?

Elle faisait de son mieux pour garder une respiration régulière. Elle ne pouvait rien faire pour apaiser son pouls, dont le rythme frénétique et incontrôlé la trahissait, même si elle s'efforçait de projeter une façade de sérénité.

Sa respiration s'accéléra. Quoi qu'il se passe, il le ressentait aussi.

— Je doute que nous fréquentions les mêmes cercles sociaux, dit-elle aussi calmement que possible.

— Nous devrions. Nous devrions carrément le faire. Et plus tard, laisse-moi t'emmener en ville. Tu pourrais me montrer ce qu'il y a à faire par une chaude nuit d'été dans les Highlands écossais.

Il posa les deux mains sur le mur de chaque côté de sa tête avant de prendre une longue et lente inspiration, fermant les yeux en la respirant.

Ce n'était pas bien. La manière dont ses jambes tremblaient et ses paumes étaient moites n'était pas bonne. Son désir le plus fort n'était pas d'accomplir son travail, mais de le ramener dans sa chambre, de se déshabiller et de générer un peu de chaleur par eux-mêmes.

— Tour de la reine en E4, murmura-t-elle.

Il cilla, et le gris argenté de ses yeux redevint bleu vif.

— Quoi ?

— Tour de la reine en E4.

Damon marqua une pause.

— Vraiment ?

Elle hocha la tête.

— Mais c'est toi qui déplaces les pièces. Je dois continuer à travailler.

Il se secoua et s'écarta d'elle. La réaction de son corps au désir entre eux se voyait clairement à la tente qui se dressait sous son kilt bleu. Il lui adressa un dernier sourire arrogant avant de la laisser respirer. Elle aspira frénétiquement de l'air pour empêcher sa tête de tourner, et bloqua ses genoux pour ne pas tomber.

— Accorde-moi une seconde pour préparer l'échiquier, lui proposa Damon.

Il mit en place les pièces d'échecs en marbre antique, assis derrière le bureau avec les pièces noires de son côté. Il leva les yeux.

— Tu vas travailler pendant qu'on joue ?

Elle n'allait pas se rapprocher. Pas maintenant, car même le bureau entre eux ne constituait pas une barrière suffisante.

— Pourquoi ? Tu ne comprends pas le mouvement que j'ai annoncé ?

Il plissa les yeux d'un air de défi.

— Parions sur cette partie.

— Marché conclu. Si je gagne, tu ne me demanderas pas de jouer à nouveau.

— Ce n'est pas un pari. Le premier qui gagne deux parties sur trois remporte un massage.

— Le premier qui gagne deux parties aura le lit, proposa-t-elle.

Il parut stupéfait.

— Tu es la petite amie la plus étrange que j'aie jamais eue.

Addie éclata de rire.

— À toi de jouer, mon pote.

Elle retourna à la vitrine et nota l'information suivante.

Objet 1512 : Incrustation en turquoise sur foyer en cerisier ; fait partie d'un ensemble. (Référence page 37.)

Objet 1513 : foyer en corne de bœuf ; manche en érable.

Elle jeta un coup d'œil à l'échiquier.

— Reine en F3.

— Ma tour prend la tienne, annonça Damon en bougeant les pièces. Est-ce que tu vas vraiment continuer de travailler ?

— Le fou en C4. Ne t'inquiète pas, nous aurons bientôt fini.

Il grogna avec méfiance puis fit son mouvement, méditant sur l'échiquier plus longtemps cette fois avant de faire sauter un cavalier. Elle lui cria sa réplique en écrivant *Objet 1515 : foyer en frêne ; manche en châtaignier.* Le reste de la partie ne prit pas longtemps. Elle jetait un œil à l'échiquier, annonçait son mouvement, puis travaillait jusqu'à ce que Damon l'appelle.

Annoncer « Roque en D8, échec et mat » était assez décevant.

Damon s'adossa à sa chaise alors qu'un grognement de surprise lui échappait.

— Bon sang, j'ai oublié que ton fou était là ! Bien joué. Prête pour le deuxième round ?

La deuxième fois, il lui fallut dix mouvements pour le bloquer. À cet instant, elle en avait aussi fini avec les pipes, et ouvrait une nouvelle page dans son inventaire et s'avançant vers la fenêtre...

... rebondit sur un corps solide comme le roc dont elle aurait juré qu'il n'était pas là un instant plus tôt. Il la rattrapa avant qu'elle ne tombe au sol, ses mains chaudes sur ses manches, et elle hésita brièvement avant de se libérer de son emprise.

— Explique-moi comment tu as fait ça, exigea Damon.

— Je te l'ai dit. J'ai une bonne mémoire. Une très, très bonne mémoire. Dès que tu faisais un mouvement, je repensais aux parties d'échecs que j'avais étudiées, j'en trouvais une qui correspondait, et j'ai reproduit les mouvements gagnants. Félicitations, au fait. Nous avons rejoué une partie de 1958.

Le sourire de Damon revint.

— Eh bien, me voilà embarrassé. Et tant mieux pour toi. Je vois en quoi ce boulot te convient parfaitement. L'inventaire, je veux dire.

— J'aime ça. Ça m'évite de faire des bêtises, et le salaire est bon.

— Sauf que parfois, tu dois travailler avec des gens en qui tu n'as pas confiance.

Il avait raison, mais elle avait des moyens de se protéger. Sauf qu'elle n'aimait pas s'en servir, à moins d'y être obligée.

Et à présent que la partie était terminée, il était de nouveau dans son espace personnel.

— Je suis capable d'ouvrir ces tiroirs toute seule, dit-elle d'un ton ferme.

— Mais j'aime t'aider, gronda-t-il, enroulant ses doigts autour de son avant-bras qu'il caressa.

Elle réfréna la montée de désir, verrouillant son organisme pour que sa louve ne fasse pas quelque chose de stupide comme lui offrir son cou.

— Tu sais quoi ? Un café, ça m'a l'air bien. Tu veux bien aller m'en chercher un ? Avec de la crème et du sucre. Merci. Et peut-être quelque chose à manger.

Elle pivota et partit dans la direction opposée, parlant à

voix haute en faisant semblant de compter les photos sur les murs, prenant de nombreuses notes.

Elle était consciente qu'il savait qu'elle avait inventé une excuse pour se débarrasser de lui, mais il ne dit rien, s'éclipsant de la pièce après lui avoir jeté un dernier regard confus.

Addie s'écroula sur une chaise et laissa échapper un long et lent soupir. Elle ignorait laquelle était la plus agitée, sa louve ou elle. Elle ne voulait pas de complications. Pas de chance.

Apparemment, les complications étaient arrivées, et portaient le nom de Damon.

DAMON TENAIT en équilibre précaire deux cafés et un scone tout en contemplant d'un air perplexe les couloirs en pierre identiques qui se trouvaient devant lui et qui partaient dans des directions différentes.

C'était la troisième fois qu'il revenait des cuisines, et il s'était donné pour défi personnel de prendre un chemin différent à chaque fois. Revenir avec du café ce matin-là avait été un parcours simple. Pour le déjeuner... Il avait fait demi-tour une fois avant de trouver son chemin. Addie le remercia d'un signe de tête, puis entreprit de manger son sandwich d'une seule main tout en continuant à travailler.

Cette fois, il avait trouvé un passage latéral dans un autre passage latéral, mais après avoir parcouru un labyrinthe de pierre, il n'était pas plus près de sa destination et commençait à s'impatienter d'être parti depuis trop longtemps.

Les odeurs persistantes étaient atténuées, comme s'il était tombé sur une partie rarement utilisée du manoir, et d'après l'épaisse couche de poussière partout, c'était sans doute vrai. La seule chose visible sous les pieds était un paquet d'empreintes surdimensionnées. Elles n'étaient pas assez grandes pour un tigre, mais elles l'étaient assurément pour un chat, surtout après qu'il les avait suivies sur une certaine distance et avait découvert un tas de carcasses de souris.

Peut-être n'emmènerait-il pas de sitôt Addie sur ce chemin.

Il se hâta dans le passage, s'arrêtant brusquement devant une barrière en bois.

— Merde.

Il devait bien y avoir une sortie. Damon appuya une épaule sur le mur et bondit en arrière quand il pivota vers la droite, révélant un vestibule tapissé familier. Il s'avança rapidement et jeta un coup d'œil en arrière, observant la porte secrète qui se refermait derrière lui avec un doux soupir.

Ouaip, cet endroit était plein de surprises. Tout comme l'énorme chat domestique qui faisait mine d'être une statue sur le buffet antique, une ombre noire tombant sur son corps et le cachant partiellement à la vue.

Damon se moquait bien qu'il y ait un million de chats dans la maison qui le traquaient à ce stade ; il voulait retourner auprès d'Addie. Pour la protéger, oui, mais aussi pour d'autres raisons. Il avait beau se dire de se calmer, son envie d'elle était de plus en plus forte.

Il ignora l'énorme chat quand il sauta sur le tapis à son passage, ses pattes heurtant le sol avec un léger bruit sourd. Damon avança, réfléchissant à son puissant sentiment de possessivité alors qu'il réduisait la distance qui le séparait de sa cible.

Il était assez fort pour diriger sa propre meute, mais

il ne voulait pas en assumer la responsabilité. Il y a quelques années, faire cavalier seul lui avait semblé être le choix le plus judicieux. Mais traîner avec Addie la plus grande partie de la journée avait un effet étrange sur son organisme. Il savait ce que c'était que de se sentir protecteur : cet instinct avait toujours été très développé chez lui. Il était là pour assurer sa sécurité.

Mais là, il s'agissait d'autre chose. Quelque chose... de plus profond. Peut-être ?

Il avait une décision simple à prendre. Même si son loup se comportait très bizarrement, Damon ferait ce qui était juste. Il allait prendre soin d'Addie, quelle que soit la forme que cela prendrait.

Devant lui, il aperçut une jambe de pantalon sombre qui disparaissait au coin du couloir. Il accéléra, manquant de peu de trébucher sur le chat qui se glissa devant lui. L'animal fit une embardée au dernier moment, sifflant avant de s'élancer hors de portée dans le couloir.

Il se déplaça plus prudemment, surprenant Alastair appuyé contre le mur extérieur du fumoir, un œil collé contre le panneau de bois. Damon se faufila jusque dans le dos de l'homme, et il toussa.

Alastair s'envola, tournoyant dans les airs avant d'atterrir les mains levées, les griffes sorties. Il cligna des yeux avant de se redresser d'un coup. Son regard furieux et craintif se mua en regard arrogant.

— Damon.

— Alastair. Puis-je vous aider ?

L'homme secoua la tête et se déplaça sur le côté jusqu'à ce qu'il ne se trouve plus entre Damon et le mur.

— Je me suis dit que j'allais m'arrêter pour voir comment vous et Addie vous entendiez, dit-il avec un sourire qui n'atteignait pas ses yeux. Il faut un certain type d'homme pour gérer une femme comme elle.

Comme s'il impliquait que Damon n'était pas ce genre d'homme. Cependant, le plus ennuyeux, ce n'était pas son insinuation. Damon se fichait éperdument de ce qu'Alastair pensait de lui. L'idée que l'autre homme *gère* Addie, ou n'importe quelle autre femme, d'ailleurs…

Alastair et les gars comme lui étaient la raison pour laquelle la castration avait été inventée.

Alors Damon ne répondit pas. Il resta sur place et fixa l'autre homme jusqu'à ce qu'il s'éclaircisse la gorge, fasse volte-face et s'en aille comme s'il n'était pas mort de peur.

Damon attendit que les échos des pas d'Alastair se taisent pour examiner le mur de plus près. Le panneau de bois était couvert de sculptures élaborées, et il déposa les tasses de café pour trouver ce qu'il cherchait.

Là, à hauteur des yeux, se trouvait un judas. Une petite section de lambris coulissait sur le côté et offrait une vue dans la pièce. Alastair avait *effectivement* observé Addie pendant qu'elle travaillait.

Louches, avait-elle dit. Carrément flippants, selon l'avis de Damon.

Il se glissa dans la pièce sans lui parler de ce qu'il avait découvert. Vu combien il l'avait rendue nerveuse ce matin-là, et compte tenu du fait qu'elle était déjà affectée par les tendances au harcèlement des garçons, il préféra garder cela pour un moment plus propice.

— Café ?

Addie sourit en prenant la tasse.

— Tu en as mis, du temps. Tu as rencontré des fantômes là-bas ?

Non, sauf si les fantômes portaient du Armani.

— Non. Absolument rien d'intéressant.

Il se retira dans un coin, restant autant que possible à l'écart de son chemin pour la regarder travailler le reste de l'après-midi.

Elle se déplaçait avec tant de souplesse qu'on aurait dit qu'elle dansait dans la pièce, écartant un objet pour examiner celui qui se trouvait derrière. Ou alors elle ramassait une statue ou une assiette pour en vérifier le dessous, mais le plus souvent, elle ne faisait que regarder. Ses grands yeux couleur whisky se posaient sur un objet, puis elle clignait des yeux, ses lèvres formaient un sourire et elle prenait des notes.

Parfois, cela prenait moins d'une seconde, et au maximum, dix. Elle était absolument incroyable, et Damon la trouva fascinante.

Lorsque l'alarme de sa montre retentit, elle jeta un coup d'œil surpris à son poignet, puis ses épaules se courbèrent en avant et elle poussa un soupir de joie. C'était un son qu'il aimerait entendre encore et encore, surtout si c'était lui qui lui faisait exprimer son plaisir.

Cela faisait une éternité que Damon n'était pas resté assis au même endroit aussi longtemps, mais l'après-midi avait été agréable. Le fait de la regarder lui semblait vraiment juste.

— Tu dois être fatiguée.

— Oh ! s'exclama-t-elle en se retournant, plaquant une main sur sa poitrine pendant une seconde. J'avais oublié que tu étais là.

— Tant mieux. Ça veut dire que je ne te dérangeais pas.

Elle secoua la tête avant de s'étirer en croisant les doigts, bras tendus vers le plafond.

— Tu t'es bien comporté.

Damon laissa son regard dériver sur ses courbes douces, tandis que son pull brun foncé s'étirait de manière intrigante. Il avait envie de s'approcher et de lui faire un massage. Il commencerait par les épaules et le cou, puis descendrait vers les endroits plus sensibles. Il pourrait lui faire oublier ces muscles douloureux pour un moment et...

Son loup lui lança un avertissement, et il détourna le regard avant qu'elle ne le remarque. *C'était quoi, ça ?* Après être restée cachée toute la journée, sa bête choisissait d'interférer maintenant ? Et ce que pensait son autre moitié était plutôt limpide. Son loup ne voulait pas qu'elle soit effrayée ou bouleversée par ses actions *à lui*.

Super. Son côté animal lui donnait des leçons de savoir-vivre.

Il se leva et se dirigea vers Addie, veillant à garder un langage corporel décontracté.

— Je t'en prie, dis-moi que nous ne devons pas dîner avec les jumeaux conspirateurs, la supplia-t-il.

Elle éclata de rire.

— Tu es tranquille. La cuisinière me laisse un repas froid dans le réfrigérateur. Au petit déjeuner, je lui ai demandé si elle pouvait en laisser plus pour toi. Sinon, tu peux cuisiner pour nous, tu sais.

— Je peux le faire. Je cuisine très bien, répondit Damon si vite qu'elle haussa un sourcil avant d'éclater d'un rire doux.

Bon sang, s'il remuait la queue un peu plus fort, elle pourrait caresser son chiot, et ce n'était pas un euphémisme pour quoi que ce soit. Il se sentait juste... à côté de ses pompes tout à coup. À côté de ses pompes, et pourtant désespérément à la recherche de son approbation.

Elle fit un geste vers la porte.

— Pourquoi tu n'ouvrirais pas la voie ? La maison est grande. Je me sentirai mieux quand je saurai que tu ne te perdras pas.

— *Oooh*, tu t'inquiètes pour moi.

— Bien sûr que oui. À en croire Alastair, des êtres sinistres nous guettent à chaque coin de couloir pour nous attirer vers la mort. Quant à Niall…? demanda-t-elle en secouant la tête. Parfois, quand il parle de restaurer l'endroit à son ancienne gloire, je me demande s'il compte inclure les donjons.

Intéressant. Il lui tint la porte puis la rattrapa, la guidant sans la toucher, alors qu'il avait envie de lui prendre la main.

— J'ai exploré quand je suis sorti tout à l'heure. Le manoir a vraiment besoin de travaux.

Il aurait fait n'importe quoi pour que la conversation continue. Si tout ce qu'il obtenait, c'était d'entendre sa voix, il était preneur.

— Des réparations ? Effectivement, mais dépenser de l'argent et du temps pour l'arranger, uniquement pour que 1 % de personnes en profitent ? demanda-t-elle avec un lourd soupir. Mais ce serait aussi une honte de le brûler.

Damon prit un passage latéral, différent de celui qu'il avait découvert en revenant avec leurs cafés.

— Alors, dis-moi. Que ferais-tu d'un château écossais si tu en avais un ?

— Es-tu en train de m'en offrir un ? lui demanda-t-elle, et un frisson le parcourut en entendant sa taquinerie.

Elle fit un geste vers les fenêtres en passant, et vers les verts riches et les bleus vifs au-dehors.

— Sterling-Wylde est situé dans un cadre idyllique, et avec le lac et les bois à proximité, ce serait une belle retraite. Un endroit pour les loups isolés, ou les ours solitaires. Des renards métamorphes sans partenaires, ce genre de choses.

— Tu remplirais cet endroit de reclus.

— Oui, et non. Des métamorphes qui ont besoin

d'espace, parce qu'il y a assez de place ici pour s'éloigner tout en restant en contact avec les autres. C'est important, dit-elle avec un regard entendu. Même les loups solitaires ont besoin des autres.

Damon ne répondit rien, car la moindre parole aurait pu le trahir. Il se demanda si son ami Jim ne lui avait pas révélé de détails à son sujet. Mais alors qu'ils prenaient le dîner dans le réfrigérateur pour l'apporter dans leur chambre, il se souvint de sa confusion plus tôt à propos de sa situation professionnelle et sut qu'elle n'avait pas été feinte.

Elle savait qu'il existait, mais elle ne le *connaissait* pas. Pourtant, elle avait compris quelque chose de personnel rien qu'en se trouvant dans la même pièce que lui toute la journée.

Était-il aussi facile à cataloguer qu'une pipe reçue en héritage ?

Ils restèrent silencieux pendant le trajet de la cuisine à la chambre de la tour où Damon déposa leur plateau de nourriture et de boissons sur la table du balcon. Le soleil était loin de se coucher, toujours au-dessus des montagnes, et sa lumière conférait une teinte dorée au ciel. La lueur se reflétait à la surface de l'eau, transformant le lac en un miroir chatoyant. C'était magique, surtout en y ajoutant les bruits paisibles qui les entouraient : des oiseaux, des grillons et des petites créatures qui se débattaient dans l'herbe longue.

Addie reposa sa cuillère et ferma les yeux, inspirant profondément alors qu'elle penchait la tête sur le côté pour écouter le roucoulement des colombes.

— Imagine simplement que des gens stressés et pressés puissent s'imprégner de ça pendant un moment. Ça pourrait leur faire beaucoup de bien, lui dit-elle en ouvrant les yeux, lui offrant un petit sourire. Ça me fait du bien, à moi. J'aime mon travail, mais tu as raison au sujet de mes mauvaises habitudes. Je ne fais jamais de pauses café ni de choses comme ça. J'ai tendance à travailler sans interruption, avant de prendre un rafraîchissement le soir.

Il ne put résister plus longtemps. Il posa une main sur ses doigts et un éclair de chaleur parcourut son bras comme s'il avait touché un fil sous tension.

— Addie...

Elle retira brusquement sa main et la posa sur ses genoux, croisant les doigts tandis qu'elle regardait par-dessus la balustrade, loin de lui.

— Je voulais te poser la question plus tôt. Tu me confirmes qu'il n'y a aucun problème à ce que tu restes un moment ?

— Je suis ton humble serviteur.

Il l'avait dit sans la moindre trace de sarcasme. En réalité, il y avait bien trop d'émotions dans ces mots, comme s'il lui était impossible de résister plus longtemps à l'envie de lui faire savoir à quel point il la voulait.

Le loup de Damon se rappela à nouveau à lui.

Il recula, même s'il mourait d'envie de faire le tour de la table et de la prendre dans ses bras. D'incliner son menton, de poser ses lèvres contre celles d'Addie pour les goûter à nouveau. La lumière se reflétait sur sa peau, la rendant toute chaude et douce dans le soleil couchant, et il n'avait qu'une envie...

Son loup disparut.

En une seconde, cette autre partie de lui qui avait toujours été là se retira dans les recoins les plus profonds de son esprit. Damon s'agrippa à la table, essayant de retrouver son équilibre, de comprendre ce qui se passait et de gérer le manque étrange en lui.

— Est-ce que tu vas bien ? lui demanda Addie en se penchant vers lui. Qu'est-ce qui ne va pas ?

Il secoua la tête.

— Une indigestion. Excuse-moi.

Il s'enfuit dans la salle de bains, cherchant désespérément à comprendre ce qui venait de se passer. Il fixa le miroir et observa ses yeux tandis qu'il tentait d'invoquer l'autre partie de lui-même.

Il n'y arrivait pas. Il ne parvenait pas à faire venir son loup au premier plan.

La bête était toujours là, elle se cachait, boudait.

— Bon sang, mais qu'est-ce qui ne va pas chez toi ? demanda Damon en se regardant droit dans les yeux, songeant à quel point il devait avoir l'air incroyablement stupide.

L'envoi d'un jet de pouvoir d'Alpha n'y fit absolument rien. Il ne s'attendait pas à ce que ce soit le cas, car cela revenait à se disputer avec lui-même. Il se déshabilla et chercha à s'obliger à se transformer, mais son loup réagit en lui intimant de s'en aller. Il ne se sentait pas malade, mais peut-être était-ce le début d'une maladie exotique et rare qu'il aurait contractée quand il s'était retrouvé plongé dans l'eau des marais écossais d'un château maudit.

Son loup montra la tête un instant pour lui assurer qu'*ils n'étaient pas malades*, et que *ce n'était pas pour toujours*, puis la bête se tut avec tant d'acharnement que les oreilles de Damon sifflèrent.

Il avait à peine fini de remettre ses vêtements qu'un coup hésitant était frappé à la porte. Il l'ouvrit pour voir le front magnifique d'Addie plissé par l'inquiétude alors que son regard se posait sur lui.

— Tu es sûr que tu vas bien ?

Il n'y avait rien d'autre à faire. Damon mentit comme un arracheur de dents.

— C'est le décalage horaire. C'est l'heure de se coucher.

Addie hocha la tête en reculant dans la chambre. Elle jeta un regard nerveux au lit avant de lui sourire gentiment.

— Mets-toi à l'aise. Je vais lire quelques heures avant de me coucher.

Il n'en croyait pas ses oreilles.

— Tu ne me fais pas dormir sur le canapé ?

Elle secoua la tête.

— Premièrement, en gros, j'ai triché pour te battre aux échecs. Et deuxièmement, tu n'y tiendrais jamais. Le canapé a été fabriqué en 1742, et tu es bien trop grand.

Damon n'avait pas l'énergie de se réjouir de sa chance d'être plus grand que les occupants du château au XVIIIe siècle. Il avait à peine la force de protester.

— Je ne vais pas te laisser dormir dessus. Je vais dormir par terre.

— Prends le lit, insista Addie. Je... je te rejoindrai plus tard. Ça ira.

Elle était pleine de surprises, et s'il n'avait pas été à deux doigts de s'effondrer, il aurait eu plus à dire. Il avait joué la carte du décalage horaire, mais une vague de réel épuisement avait déferlé, alors il se débarrassa de son kilt et de sa chemise en lin empruntés, les jetant sur le lourd support en bois au pied du lit.

— Je te promets de me réveiller si tu as besoin de moi. Si les fantômes ou les garçons viennent nous voir, je te protégerai.

Sa tête avait à peine touché l'oreiller qu'un épuisement extrême l'entraînait, et même s'il tint parole et resta légèrement vigilant, la seule chose qui attira son attention fut, près de quatre heures plus tard, qu'Addie sauta sur le lit sous sa forme de loup, tournant deux fois sur elle-même avant de s'installer à ses côtés.

Une femme belle, brillante et *intelligente*. Damon était impressionné même s'il était complètement perplexe.

Mais enfin, que faisait son loup ?

4

———

Damon se réveilla lentement et se rendit compte que ses doigts étaient enfouis dans une fourrure douce. La faible lumière de l'aube se faufilait dans les coins de la vaste chambre, mais elle était suffisamment vive pour qu'il puisse voir la louve sombre lovée contre lui.

Un rapide coup d'œil à la pendule sur le chevet indiqua qu'il était un peu plus de quatre heures du matin. Deux fenêtres de la chambre de la tour donnaient sur l'est, et bientôt la chambre serait remplie de soleil. Aussi étonné qu'il fut d'avoir dormi aussi longtemps, il savait qu'une partie de sa détente absolue était due à la femme qui dormait paisiblement dans sa forme animale auprès de lui.

Il s'appuya sur un coude, curieux de l'examiner de plus près. C'était une magnifique louve noire, avec comme de petites chaussettes blanches sur ses pattes avant. Damon l'imaginait en train de marteler le sol avec pour attirer son attention, ou de se bagarrer gentiment avec lui. Il chercha en lui ce qui n'allait pas avec son loup. La bête se contenta de rouler une fois avant de déclarer que tout allait bien en ce qui le concernait, mais qu'il n'allait pas se montrer de sitôt.

C'était drôle de voir à quel point ce n'était pas très rassurant...

Aujourd'hui, pendant qu'il surveillerait Addie, Damon regarderait sur internet s'il n'y avait pas déjà eu de cas de rébellion interne de loup. Il ne voulait pas alerter les gens sur le fait que quelque chose n'allait pas. Il n'avait pas envie que sa famille panique, mais peut-être que ça méritait de le faire. Son loup était une grande partie de lui, et pour que la bête se cache, il devait y avoir une sacrée bonne raison.

Et même s'il avait envie de rester au lit et de continuer à contempler la jolie petite louve à côté de lui, il avait besoin de dépenser de l'énergie.

Il alla voir ses vêtements dans la salle de bains où il les avait mis à sécher, mais le jean avait connu de meilleurs jours. Il était déchiré le long d'une jambe, si bien que lorsqu'il l'enfila, il ressemblait au vagabond pour lequel les garçons Sterling-Wylde l'avaient pris. En temps normal, il se serait changé en loup pour aller courir, mais il ne disposait pas de cette option pour le moment.

Il avait déjà vécu pire. Damon prit un nouveau kilt et une chemise en lin, riant doucement en les mettant. Apparemment, il allait s'habiller aux couleurs locales au cours des prochains jours. Au moins, s'il croisait un fantôme ou deux, il se fondrait dans le décor.

Il referma la porte après avoir jeté un dernier regard à la silhouette d'Addie sur le lit, dont les côtes se levaient et s'abaissaient sur un rythme paisible tandis qu'elle dormait. Ensuite, il sortit et retira ses bottes. Il remua les orteils dans l'herbe mouillée par la rosée. La pelouse bien entretenue s'étirait au loin devant lui. Des arbres bien taillés se trouvaient à sa droite, et le lac était sur sa gauche. Il démarra lentement avant de se lancer dans une course effrénée, poussant son corps à fond.

Aussi bizarre que soit le comportement de son loup, il était content d'être là. Il avait détesté voir l'angoisse dans le regard d'Addie, et il n'avait aucune objection à rester dans les parages pour lui faciliter la tâche. Son cœur s'emballa alors qu'il courait, mais en dehors du fait que son loup se comportait comme un con, physiquement, il se sentait bien. Il était certain de pouvoir la protéger, même en dépit de ce qui clochait chez lui.

Damon courut pendant une heure jusqu'à ce que le soleil passe au-dessus de la colline la plus proche, projetant de longues ombres en filtrant à travers les arbres. Le ciel devint plus lumineux, et le monde qui l'entourait se changea en un pays fantastique fait de poussière de lutin et de légendes écossaises.

Il avait fait une boucle autour du périmètre du domaine et s'approchait de la tour de guet de l'entrée sud lorsqu'il tomba sur une petite porte dans le grand mur de roche. Elle était entrouverte, et il jeta un coup d'œil. Il découvrit un groupe de chaumières, de la fumée s'échappant des cheminées. Un jeune homme passait le râteau devant l'une d'elles. Il dut sentir Damon, car il leva le nez et leurs regards se croisèrent. L'ouvrier le salua et lui fit signe de s'approcher.

Damon lui obéit, admirant les fleurs et le jardin soigné. L'odeur du métamorphe l'accueillit également, et il sourit.

Des tigres des Highlands, et maintenant des renards, ou une combinaison des deux.

— Est-ce que vous êtes perdu ? lui demanda l'homme, posant le regard sur les pieds nus et les vêtements de Damon.

Mais il ne semblait pas le juger. Il se contentait de sourire et de parler de manière agréable.

— Si vous vous êtes perdu, je peux vous ramener au manoir.

— Vous travaillez ici ?

Il hocha la tête, essuyant la saleté de sa main sur sa cuisse avant de la tendre à Damon.

— Glenn Chappie. Je m'occupe des jardins et des pelouses. Ma grand-mère est la cuisinière du manoir. Si vous voulez venir prendre une tasse de thé, nous allons bientôt y aller. Vous pourrez venir avec nous.

Damon ne prit pas la peine de lui expliquer qu'il n'était pas perdu. À la place, il admira le petit village soigné et les signes évidents de la main verte de Glenn.

— Est-ce que tous ceux qui vivent ici travaillent pour les Sterling-Wylde ?

Glenn ouvrit la porte du cottage et appela pour avertir.

— Grand-mère ! Nous avons un invité, annonça-t-il en se tournant vers Damon pour lui faire signe d'entrer. Certains sont employés depuis des générations, ils aident à l'entretien du manoir. Il y a quelques années, il y avait davantage de domestiques qui travaillaient et vivaient sur place.

Damon franchit la porte et se retrouva en présence d'une petite renarde métamorphe presque pliée en deux par l'âge. Seulement, lorsqu'il la regarda dans les yeux, ils étaient brillants, clairs comme la lumière des étoiles. Il soupçonnait qu'elle était aussi proche d'un Alpha que les renards pouvaient l'être. Pas de *sa* trempe à lui, mais puissante à sa manière. Elle le regarda pendant un bon moment, Glenn à ses côtés, et son loup remua. Damon se déplaça avec précaution : il ne voulait effrayer ni l'un ni l'autre.

Elle n'avait pas peur. Elle le fixait comme son père le faisait quand il était jeune, et qu'il avait des ennuis.

— Est-ce vous qui avez causé tout le grabuge au manoir hier ? lui demanda-t-elle.

— C'est possible..., admit-il, très amusé par sa formulation soignée.

Elle avait un léger accent écossais, mais il la comprenait facilement.

— C'est vous la responsable de la délicieuse nourriture du garde-manger.

Elle hocha la tête, rayonnant à son compliment.

— Alors, vous allez rester. Vous me direz ce que vous préférez, et je verrai ce que je peux faire.

Glenn poussa un sifflement appréciateur, tapotant Damon dans le dos en passant.

— Sacré petit malin ! Comment avez-vous fait pour être dans ses petits papiers si rapidement ?

La grand-mère tendit ses doigts usés par l'âge, et avec l'audace d'une femme qui sait exactement s'y prendre, pinça la joue de Damon.

— C'est un bon garçon. Il est fort, et il veut faire ce qui est juste.

Damon n'était pas certain de vouloir que de tels éloges lui soient adressés, mais elle lui fit simplement un autre signe de tête approbateur, puis remplit des assiettes pour lui et Glenn. Ils prirent place à la petite table alors que le soleil se levait et que la journée commençait officiellement, tout en bavardant sur ce qui se passait au manoir.

Damon écoutait avec intérêt, gardant un œil sur la pendule au mur pour s'assurer de rentrer à temps pour escorter Addie en toute sécurité à son travail.

Il était encore tôt lorsqu'ils débarrassèrent leurs affaires et se dirigèrent à travers la grande étendue verte vers le donjon Sterling-Wylde. La grand-mère prenait appui sur le bras d'un vieil homme que Damon se souvenait avoir vu arpenter les couloirs, une sorte de majordome amélioré.

— Je vous avertis, lui dit Glenn en aparté tout en gardant un œil sur les deux qui marchaient devant eux. Vous avez vu Grand-mère dans un de ses moments les plus lucides. Si la prochaine fois que vous la croisez, elle ne se souvient pas de vous, ne le prenez pas personnellement.

Aaah.

— Alzheimer ? Ou juste la vieillesse ?

— Rien qui ait été diagnostiqué, et elle n'est pas en danger, mais elle oublie les gens. Elle oublie les liens entre eux.

Glenn sortit alors son portefeuille. Il lui montra les photos qu'il gardait sur lui.

— Quand j'en ai besoin, je m'en sers pour stimuler sa mémoire. Elle se souvient de toutes les recettes qu'elle a apprises, mais parfois elle m'appelle Roger... C'était le nom de mon père. Et parfois elle croit que je suis un invité qui est venu séjourner ici pendant l'apogée du début des années 30.

— Elle a vu beaucoup d'histoires, dit Damon. Ne vous inquiétez pas. Je la traiterai avec le respect qu'elle mérite. Je trouve cela merveilleux qu'elle puisse encore travailler au manoir.

Glenn fit un bruit grossier.

— Du moins, jusqu'à ce que le testament soit réglé. À ce moment-là, nous serons tous mis à la porte, quel que soit le fils qui hérite.

Damon s'arrêta, prêt à poser des questions, lorsque cela le frappa.

— Alastair veut tout brûler, Niall veut transformer l'endroit en un lieu de retraite haut de gamme. Et ni l'un ni l'autre ne requiert qu'une vieille femme et les membres de sa famille continuent de travailler dans cet endroit où ils ont vécu toute leur vie.

Le jardinier haussa les épaules, approuvant la supposition de Damon.

— D'une certaine manière, je suis d'accord avec Alastair. Cela ferait peut-être moins mal de voir l'endroit disparaître plutôt que de voir d'autres personnes gérer notre maison.

Ils arrivaient à une bifurcation du chemin, et Damon s'arrêta.

— Il y a une chose que je voudrais vérifier avant d'entrer, mais j'ai été ravi de vous rencontrer.

Glenn inclina son chapeau et lui offrit un large sourire.

— Ravi de vous rencontrer aussi. Toute personne que Grand-mère apprécie est une personne de qualité.

Il prit congé, rejoignant le reste de la foule qui se dirigeait vers le manoir.

Damon se tourna dans la direction opposée, vers la petite structure ressemblant à un château avec un mur d'enceinte s'étendant au-dessus du chemin. Il se promena, et son loup, *Ô miracle !* sortit de sa cachette tandis qu'il explorait la tour de guet.

Il s'était senti déséquilibré avec sa bête totalement hors de portée.

La citadelle de pierre n'était plus utilisée, mais elle était en bon état. Il grimpa l'escalier en spirale jusqu'au sommet, observant par la fenêtre la chambre située dans la tourelle où il avait passé la nuit avec Addie.

Quelque chose gronda en lui, et ce n'était pas son estomac. Non, c'était de l'impatience de la part de son loup. Il voulait la revoir.

Cette satanée bête allait le rendre fou.

— Décide-toi, bon sang, marmonna-t-il à l'intention de...
eh bien, de lui-même. C'est toi qui es parti, pas moi, rappela-
t-il à son loup. *Ne pas l'effrayer*, tu te souviens ?

Son loup renifla avec dédain, comme s'il était las
d'essayer d'expliquer un concept aussi alambiqué que la
physique quantique à un enfant de trois ans.

Damon dévala les escaliers deux à deux, s'arrêtant sur
une ombre qui se déplaçait dans sa vision périphérique. Son
loup dressa les oreilles quand il respira, l'odeur du chat
déclenchant son instinct de traque et de chasse.

Un autre gros chat domestique rayé surgit de derrière la
paroi rocheuse, et Damon sourit. L'un des greffiers du coin
devait vivre dans la tour de guet. Il le suivit jusqu'à ce qu'il
disparaisse. Il disparut en une seconde, et il fallut que
Damon passe sa main sur le mur pour découvrir l'illusion
d'optique : un pilier rocheux situé à faible distance du mur
principal qui masquait l'entrée d'un tunnel régulier
descendant vers le manoir.

ELLE SAVAIT à quoi ressemblait un lâche.

Addie traversa le couloir en ignorant les signes
révélateurs de son sommeil agité, bien trop visibles dans les
miroirs qu'elle croisait sur le chemin du salon.

Elle était reconnaissante à Damon d'être déjà parti
quand elle avait tiré sa carcasse du lit. Elle avait passé toute
la soirée à refuser d'admettre son attirance pour le
métamorphe malicieux.

Se glisser dans sa forme de louve et mettre une barrière
entre eux n'avait pas été une mauvaise idée. Ce n'était tout
simplement pas ce qu'elle voulait vraiment, et choisir la

solution de facilité la rendait furieuse pour de nombreuses raisons.

Le sexe était devenu compliqué. Elle n'était pas une louve Oméga, pas totalement, mais elle avait hérité d'un don d'empathie de ses deux parents Oméga. Au fil des années, ce talent s'était déréglé au point que ces derniers mois, quand elle touchait les autres, elle se retrouvait noyée par les émotions. *Leurs* émotions.

Ce qui rendait l'intimité difficile, c'était le moins qu'on puisse dire.

Mais cela ne rendait pas moins réel le fait qu'elle mourait d'envie de se rapprocher de Damon. Cela rendait la profondeur de son désir encore plus mystérieuse.

Elle avait été suffisamment distraite par ses pensées pour avoir fait tout le chemin jusqu'au fumoir avant de se figer et de pivoter lentement à cause d'une sensation étrange entre ses omoplates. Ce sentiment d'être observée revenait en force. Elle n'aurait pas été surprise de découvrir Alastair perché au sommet d'une bibliothèque.

Effrayée, mais pas surprise.

Seulement, il n'y avait pas de tigre des Highlands. Et pas de Damon, même si elle s'attendait à ce qu'il finisse par se montrer. Addie fit le tour de la pièce en reniflant pour trouver un indice pour justifier sa sensation de malaise. Mais elle ne sentait que les garçons, Damon et elle-même, des odeurs plus anciennes et qui se mélangeaient.

Visiblement, son manque de sommeil la rendait paranoïaque.

Elle se retourna face à la porte, debout près de la cheminée, se préparant à travailler toute la journée.

Un très léger craquement retentit. Elle se baissa sans regarder, ramassa le tisonnier en fer forgé à côté de l'âtre et pivota à toute vitesse vers l'intrus qui se tenait soudain derrière elle.

Elle n'aperçut qu'un éclair de cheveux blonds avant que son assaillant ne se baisse, et que le tisonnier ne continue sa route en frappant les lourdes briques de la cheminée. La pointe latérale aiguisée s'enfonça, piégeant son arme et la rendant inutile.

— Arrête…

Elle continua de pivoter, et lâcha le tisonnier. Mais elle serra le poing et le planta dans une mâchoire masculine solide. Ensuite elle tomba, mais les mains d'un étranger lui saisirent les poignets, et son corps se tordit alors qu'elle l'entraînait dans sa chute.

Un instant plus tard, ils heurtaient le sol, elle sur le dessus, et l'impact leur arracha un grognement à tous les deux. Addie se retrouva à rouler sur le tapis, les mains plaquées au sol par une poigne de fer. Le corps de l'homme, bien plus lourd que le sien, rendait tout mouvement impossible.

— Addie ! C'est *moi*, Damon !

Cela n'avait duré que quelques secondes. Elle regarda ses yeux bleu ciel, et soudain son cœur s'emballa, mais ce n'était pas dû à la montée d'adrénaline ou à la peur. Il posa le regard sur ses lèvres, et elle se surprit à retenir son souffle. À l'attendre. À le vouloir.

Les yeux de Damon scintillèrent, révélant un soupçon de sa couleur argentée de loup avant de disparaître complètement. Aussi déroutant que cela pût être, elle était plus concentrée sur la connexion entre eux. Sur le poids lourd de ses hanches, sur ses cuisses musclées entre les siennes. Sur la longueur de plus en plus épaisse de son érection pressant contre son ventre.

Elle s'attendait à être bombardée par une surcharge

émotionnelle venant de lui, mais la seule chose qui attaquait son organisme, c'était un désir pur et simple. Et étant donné les circonstances étranges, elle n'allait pas y réfléchir à deux fois.

Damon jura doucement, puis la retrouva à mi-chemin alors qu'ils plongeaient tous les deux dans un baiser plus enthousiaste que délicat.

Leur manque de retenue ne rendait pas les choses confuses, mais les rendait réelles. Le métamorphe au-dessus d'elle possédait des talents insensés, et il se servait de chacun d'entre eux. Ses dents, juste assez pour qu'elle se tortille. Sa langue, une promesse alléchante sur la manière dont il pourrait se servir de cet appendice talentueux sur d'autres parties d'elle plus tard. Ses lèvres, possessives, et pourtant douces. Il lui libéra les poignets et se mit à explorer son corps. Il se tourna sur le côté, passa une main sur le bas de son dos et roula, la drapant sur son corps tendu comme un mât.

Ses caresses étaient incroyables, mais loin d'être suffisantes. Il glissa une main sous son pantalon pour caresser ses fesses, tandis qu'elle se rendait compte qu'elle avait les deux mains blotties contre sa poitrine musclée. Des sirènes se déclenchèrent dans sa tête, comme pour l'avertir que s'ils allaient plus loin, ils ne pourraient plus faire machine arrière.

Même si l'habituelle bouffée d'émotion n'était pas là, elle devait mettre un terme à cela. Mieux valait arrêter maintenant plutôt que lorsque sa situation merdique reviendrait à la normale, quand elle perdrait le contrôle comme d'habitude, peut-être même alors qu'il serait en elle.

Parce que *ça* se passerait très bien.

La luxure était une chose, mais les émotions des gens

étaient délicates à gérer. Ce n'était jamais *uniquement* du désir. Jamais simplement de la passion...

Elle sépara leurs bouches. Sa louve pleura à cause du manque, et un gémissement triste s'échappa de ses lèvres. Elle était d'accord avec son autre moitié. La dernière chose dont elle avait envie à cet instant, c'était d'arrêter.

À l'instant où elle s'éloigna, Damon réagit, retirant ses mains d'elle alors qu'elle se redressait, chevauchant ses hanches minces. Il la regardait, les yeux écarquillés, tandis qu'elle haletait, comme prise dans un tourbillon.

Le haut du corps de Damon tremblait, son pouls battait rapidement dans son cou, et, *Oh bon sang !* elle avait envie de se pencher et de planter ses dents en lui. Les enfoncer dans sa chair et le mordre, *fort*, le marquer, et même si elle était consciente qu'elle ne pouvait pas... qu'elle ne *devait* pas, l'envie se faisait plus forte.

L'envie dans les yeux du jeune homme était évidente, et le corps d'Addie mourait d'envie qu'ils continuent ce qu'ils avaient commencé. Mais elle devait reprendre le contrôle. Elle devait faire ce qu'il fallait.

— J'ai besoin d'un cahier, balança-t-elle. Il y en a d'autres dans le placard à côté de la salle de musique. Rez-de-chaussée, au nord de la salle à manger.

Un pli se forma entre les sourcils de Damon, mais il hocha la tête et s'écarta du bord du précipice. Il caressa brièvement sa joue avec le dos de sa main, avant de s'extraire de sous elle et de bondir sur ses pieds.

— Je peux aller te chercher ça. Je reviens tout de suite.

Il quitta la pièce, et la porte se referma avec un grand bruit tandis qu'elle inspirait profondément, s'efforçant de retrouver son calme.

Son regard oscilla entre l'ouverture à côté de la cheminée et la porte fermée derrière laquelle Damon avait disparu. Testaments disparus et passages secrets. Elle exerçait le travail le plus intrigant qui soit, et elle ne l'aurait échangé pour rien au monde. Mais ce *truc* avec Damon était un accroc auquel elle ne s'était pas attendue.

Elle examina les charnières de la porte secrète, travaillant le mécanisme de verrouillage jusqu'à ce qu'elle puisse la rouvrir à volonté des deux côtés. Ensuite, elle la referma soigneusement, regrettant de ne pas être en mesure de contenir aussi aisément le flot d'émotions et de désirs qui s'engouffrait encore dans ses veines.

5

———————

Trente minutes plus tard, elle n'avait toujours pas commencé sa journée. Elle n'arrivait pas à faire quoi que ce soit. Chaque fois qu'elle ouvrait son iPad pour ajouter des informations, le souvenir de son passage dans les bras de Damon rejouait, et elle en perdait toute concentration.

Elle se retrouvait assise derrière le bureau du vieux seigneur, à contempler le vide alors qu'elle rêvait des caresses de Damon, les interprétant pour bien plus que ce qu'elles avaient fait à son corps, même si, *bon sang*, elle avait des idées à ce sujet. Son ventre frémissait toujours...

Menteuse.

Bon, d'accord, s'avoua-t-elle, c'était un peu plus bas que le ventre qu'elle avait mal, et si elle continuait de penser à lui plus longtemps, elle allait bientôt glisser une main entre ses jambes pour répondre aux désirs qu'il avait éveillés.

Non, elle devait réfléchir à ce que ce baiser ne lui avait *pas* fait. Elle s'était attendue à être submergée par l'émotion. Elle aurait dû l'être. Était-ce juste lui, ou eux, ou quelque chose d'autre ?

Une lueur d'espoir naquit. Peut-être était-elle en train de surmonter le contrecoup. À moins que l'exception à la règle ne soit spécifique à Damon, cela pouvait encore jouer en leur faveur. Si elle pouvait le toucher sans répercussions négatives, ils pourraient profiter l'un de l'autre dans les jours à venir.

Addie laissa échapper un lent soupir. Elle mourait d'envie d'être touchée. L'année dernière, par la faute de son « don », elle n'avait pas pu prendre part aux plaisirs charnels comme elle l'aurait voulu.

Elle s'obligea à se lever et à démarrer sa prochaine tâche, uniquement parce qu'elle ne voulait pas rester assise là comme une groupie adolescente en mal d'amour quand Damon reviendrait de sa course improvisée.

Cependant, cette brève pause lui permit de prendre une décision. Elle n'était pas prête à se jeter à pieds joints là-dedans. Mais elle était prête à secouer l'arbre quelques fois de plus pour voir ce qui allait en tomber. Si elle procédait par petites touches prudentes et qu'elle n'avait pas de mauvaises réactions...

L'idée pourrait se retourner contre elle, mais c'était bien mieux que les autres options. Continuer à dire non catégoriquement n'était pas agréable, mais devoir à nouveau les arrêter après avoir mis son moteur en marche... Hors de question. La seule manière de procéder, c'était d'y aller lentement et sûrement. Surtout qu'il y avait potentiellement une belle récompense à la fin.

Sa décision prise, elle se remit au travail, un bourdonnement d'énergie inattendu courant dans ses veines alors qu'elle se tournait vers une nouvelle section de la bibliothèque.

La porte s'ouvrit, et elle se tourna vers Damon avec un

sourire joyeux. Mais elle se figea en voyant Niall entrer à sa place, sa robe se balançant au gré de ses mouvements.

— Je peux vous aider ? lui demanda-t-elle avec méfiance, l'œil rivé sur la porte derrière lui.

Il l'avait poussée, mais pas assez fort, et à présent elle restait ouverte de quelques centimètres.

— Peut-être, répondit-il en haussant un sourcil. Auriez-vous trouvé des clés pendant que vous travailliez ?

Il se rapprochait en parlant, et Addie se déroba, mettant le bureau entre eux en faisant semblant de réfléchir. Elle pressa un doigt contre ses lèvres et leva les yeux au plafond, avant de se rappeler que cela trahissait un mensonge.

Elle soutint son regard et hocha la tête.

— Je me souviens. Il y en a dans la cuisine, et dans l'abri de jardin. Et il me semble...

— Il ne s'agit d'aucune de celles-ci. Il me faut les clés de l'antichambre de mon père. Son valet soutient qu'il ne se rappelle pas où il a mis les doubles, et je ne veux pas démolir le mur si je peux l'éviter.

Il parlait en souriant, comme s'il essayait de la charmer. Peut-être qu'une autre l'aurait trouvé attirant, mais elle ne pouvait s'empêcher de les comparer, lui et son frère, à Damon, et de trouver qu'ils laissaient à désirer. Les cheveux longs et les toges violettes ouvragées de Niall semblaient à la fois formels et ringards ; les costumes coûteux d'Alastair étaient jolis, mais il était guindé et ennuyeux. Le fait que Damon accepte avec désinvolture les kilts empruntés lui donnait l'air d'un héros de cape et d'épée. Son corps robuste était un cadeau emballé dans du tartan.

Addie se hâta de se reconcentrer.

— Avec plaisir. Je m'attendais à ce que vous...

Niall l'interrompit à nouveau, s'approcha, et tendit la main vers la bibliothèque dans son dos. À moins de vouloir en faire tout un plat et de ramper sur le bureau pour s'éloigner de lui, elle était coincée lorsqu'il sortit une petite boîte à cigares, la tenant entre eux.

— Avez-vous déjà regardé ici ? lui demanda-t-il en murmurant.

Est-ce que... ? Était-il en train de *battre des cils* pour elle ?

Beurk.

— Non. J'aime travailler le périmètre de chaque pièce. Pour l'instant, je suis sur cette bibliothèque là-bas.

Elle la pointa du doigt, et tenta de le contourner, mais il lui bloqua le passage, et son nez frémit à cause de l'odeur de chat.

Niall fit un bruit au fond de sa gorge en la regardant.

— Vous êtes plutôt jolie, n'est-ce pas ?

— J'ai un petit ami, couina-t-elle, furieuse que ses mots ressortent si mollement, mais il lui avait pris la main, et à cet instant-là, elle avait été submergée.

Son don ? Il n'était pas parti. Il n'était *absolument pas* parti.

De la colère contre son frère. Du désir pour elle. Des pulsions sales, des pensées mauvaises et des souvenirs cruels l'envahirent. C'était comme si un seau rempli de toutes les émotions horribles et putrides que Niall avait jamais ressenties avait été déversé sur sa tête. Elle ne pouvait pas se défendre ni s'enfuir de la pièce. À la place, toute son énergie était consommée par le besoin urgent de rester debout et ne pas s'évanouir.

— Votre petit ami ? dit-il en riant, et le son résonna dans ses oreilles, métallique et mince. C'est très gentil de vous soucier de cet indigent, mais en réalité, il n'a pas besoin de le savoir, poursuivit Niall, d'une voix des plus visqueuses alors qu'il passait un doigt sur sa joue.

Elle eut un haut-le-cœur et se détourna.

— J'ai bien plus à vous offrir, surtout quand je serai maître de Sterling-Wylde.

La nausée d'Addie augmenta rapidement, et même si elle n'aimait pas ces options, elle se préparait à se défendre. Cela signifierait qu'elle perdrait son travail, mais elle refusait de devenir une victime. Elle prit une grande inspiration...

La porte claqua contre le mur. Niall pivota sur place juste au moment où Damon achevait de glisser sur la surface du bureau, et atterrissait avec les deux pieds fermement plantés sur le sol entre eux deux.

Il ignora Niall, regardant directement dans les yeux d'Addie.

— Ça va ?

Elle hocha la tête, incapable de parler, luttant pour ne pas vomir sur place.

Il inclina la tête vers la porte, et elle s'échappa sans protester. L'air frais la frappa, mais ses pieds continuèrent à bouger et elle se mit à courir pour échapper à ses peurs, persuadée que Damon viendrait la retrouver lorsqu'il en aurait fini avec Niall.

Elle n'arrivait pas à déterminer si elle espérait que « fini » signifiait qu'il aurait tué le chat, ou pas.

DAMON ATTENDIT qu'Addie soit partie avant de faire face à sa proie, et qu'on ne s'y trompe pas, Niall était à deux doigts de devenir un kebab de chat.

— Vous aviez besoin de quelque chose ? grogna Damon d'un ton menaçant.

Il se demanda brièvement si le comportement étrange

de son loup n'allait pas le désavantager, mais il n'aurait pas dû. La bête était de retour. Pas avant qu'Addie ait quitté la pièce, mais une fois qu'il fut seul avec Niall, son loup se précipita juste sous sa peau, envoyant des signaux à tous les métamorphes dans la région pour les avertir que Damon était grand, qu'il prenait les choses en main, et qu'il ne fallait pas le chercher.

Niall se ressaisit rapidement, clignant des yeux pour chasser la peur alors que ses pupilles oscillaient entre l'homme et le chat.

— J'avais juste besoin qu'Addie retrouve quelque chose pour moi, ronronna-t-il diplomatiquement en reculant.

Le chat était effrayé, et il avait raison de l'être. Damon agrippa son propre poignet, étirant les doigts avant de serrer le poing de sa main libre, comme s'il s'échauffait pour massacrer l'autre homme. Il fléchit le biceps en regardant Niall. Il ne franchit pas la limite de l'inconvenance, mais son avertissement était clair et limpide dans les mots qu'il grognait.

— La prochaine fois, c'est à moi qu'il faudra demander.

Niall sortit en trombe de la pièce, laissant Damon seul aux prises avec tout un tas d'émotions problématiques. Le loup prit le dessus, et il rejeta la tête en arrière pour hurler sa frustration. Ce n'était pas officiellement à lui de protéger, mais il voulait vraiment que ce soit le cas, et cela suffit à envoyer une onde de choc dans son organisme.

Il avait besoin d'un moment pour se reprendre avant d'aller la chercher. Peu importait ce qui avait démarré entre eux ce matin-là, c'était une bonne chose qu'elle les ait arrêtés quand elle l'avait fait. Premièrement, il aurait été assez vulgaire de faire de leur première fois ensemble une partie de jambes en l'air débridée au milieu du fumoir de quelqu'un d'autre. Mais si on y ajoutait le mystère du comportement erratique de son loup...

Damon était totalement confus.

Ce qui était bien, c'était que son loup se cachait, ce qui signifiait qu'ils ne se battaient pas. Certes, il était un loup, et le loup était lui, mais bien trop souvent, ses deux côtés avaient des idées différentes sur la façon de résoudre les problèmes.

Et il était vrai qu'Addie était un problème. Un problème énorme, mystérieux et *tentant*.

Il quitta la pièce en suivant son parfum jusqu'au bout du couloir et en haut des escaliers. Plus il se rapprochait, plus l'odeur de sa peur était forte, et plus son loup s'agitait. Sa colère grimpa en flèche à l'idée que Niall ou Alastair s'approchent d'elle. Ses mains tremblèrent, et il envisagea sérieusement de faire demi-tour pour retrouver les garçons et les éliminer du tableau. Ses crocs jaillirent, et l'envie de sang...

Damon s'arrêta brusquement.

Ça ? C'était exactement ce qu'il devait éviter. Ces pensées n'étaient pas les siennes, c'étaient celles de son loup. Le jour où son loup avait totalement pris le contrôle avait été le pire de sa vie. Cette journée l'avait détruit, et jamais il ne pourrait en affronter une autre comme celle-là.

Il repoussa la bête, encourageant cette fois son autre moitié à se cacher. Son loup accepta, se glissant là où il allait dans ces moments-là. C'était une sensation étrange de rester là, toujours métamorphe mais surtout humain, les sens émoussés.

Damon n'avait pas besoin d'avoir un sens de l'odorat spectaculaire pour retrouver Addie. Elle se trouvait à dix mètres devant lui, avançant rapidement dans le couloir, se parlant à elle-même avant de passer au portrait suivant.

— Addie, appela-t-il pour la prévenir, même s'il était sûr qu'elle savait qu'il était là.

Elle lui fit face, les mains fermées sur les côtés, le visage tendu.

— Il n'a rien fait.

— Et il ne fera rien de plus à l'avenir, lui promit Damon.

Une certaine confusion passa sur son visage le temps qu'elle comprenne sa formulation alambiquée, puis elle hocha la tête.

— Je suis désolé de ne pas avoir été là pour te protéger, murmura-t-il en réduisant la distance entre eux.

La culpabilité l'envahit, plus forte que tout. Il aurait dû être là pour empêcher que cela n'arrive.

Elle secoua la tête.

— Tu ne peux pas être là à chaque instant. Et il ne s'est rien passé. Pas vraiment.

— Tu avais peur.

Il était clair qu'elle était mal à l'aise.

— Tu sais quoi ? Je ne veux pas en parler.

Il n'insista pas, parce qu'elle avait raison. Il était temps de changer de rythme.

— Allez, je sais ce dont tu as besoin.

— De shots de whisky ?

— Ah ! Peut-être plus tard, répondit-il, lui tendant la main avec un geste en direction du couloir. Que dirais-tu d'aller prendre l'air ? J'ai trouvé quelque chose qui va te plaire.

Elle fixait sa main comme si c'était un serpent vivant, alors il la laissa retomber sur le côté, légèrement déçu.

— Sinon, au lieu d'une pause café, j'ai une autre suggestion.

S'il n'arrivait pas à la séduire pour qu'elle le suive, il la porterait et l'emmènerait dehors. Mais d'abord, il allait tenter de la charmer un peu plus.

— Madame Je Travaille Tout Le Temps Et Je Ne Joue Jamais, considérez ceci comme faisant partie de votre mission. Il y a des objets à l'extérieur qu'il faut que tu répertories. Dépêche-toi.

Il se retourna sans attendre, et sourit largement en entendant ses pas qui le suivaient. Il se déplaçait rapidement, son kilt emprunté flottant autour de ses jambes. C'était une sensation étrange, mais qui lui plaisait de plus en plus. Quelques minutes plus tard, ils étaient dehors. Addie accéléra le pas pour le rattraper, et marcha à ses côtés.

— Comment as-tu déjà pu découvrir autant de choses sur cet endroit ?

Damon la guida le long de l'un des chemins latéraux, pas en direction des cottages, mais vers ce qu'il espérait être une bonne surprise.

— Je suis allé courir ce matin. Je ne t'ai pas posé la question, est-ce que tu as pris ton petit déjeuner ?

— Oui, répondit Addie en le regardant, puis en posant les yeux devant elle, où il y avait une grille dans le mur. Est-ce que c'est la bonne direction ?

— Et comment !

Il accéléra ; il avait hâte de voir son expression lorsqu'elle franchirait la grille pour la première fois. Il pivota en marchant, les yeux rivés sur elle tandis qu'il marchait à reculons.

Dès qu'elle vit les fleurs, son visage s'illumina, et elle se mit à taper des mains et à sautiller comme une gamine excitée.

— Je n'arrive pas à croire que j'ignorais que c'était là.

Elle se précipita vers les massifs de fleurs qui

s'étendaient dans toutes les directions. L'or et les pourpres, les violets éclatants et les roses délicats étaient agencés en motifs qui formaient le blason du clan Sterling-Wylde, comme si quelqu'un avait tissé un tartan à partir du sol lui-même.

Damon la suivit, acquiesçant à chaque fois qu'elle découvrait quelque chose de nouveau. Il renifla les fleurs d'un air appréciateur lorsqu'elle le lui demanda, s'exclama devant les agencements étonnants et admira la taille des arbres.

Pendant tout ce temps, il était enchanté par elle. Tous ses problèmes antérieurs avaient disparu, et elle était si pleine de vie et de lumière que Damon avait envie de l'entourer de ses bras et de s'assurer qu'elle reste ainsi pour toujours.

Ils étaient dehors depuis au moins une heure lorsqu'elle se retourna vers lui.

— Très bien, tu as raison.

Damon attendit. Il y avait un tas de choses auxquelles il voulait que ce constat s'applique.

— Continue.

Elle se rapprocha, et son sourire s'éclaira alors qu'elle inspirait profondément, regardant autour d'elle.

— Je dois faire plus de pauses café. C'est un crime d'être ici depuis presque deux semaines et de ne pas être sortie.

Il laissa son regard tomber sur elle avec appréciation, bien plus intéressé par elle que par les fleurs.

— C'est pour ça que je suis là, bébé. Je te protégerai, même de toi-même.

Elle lui adressa un sourire ironique.

— C'est une très mauvaise habitude. D'oublier de s'arrêter pour sentir les roses.

Ensuite, elle s'immisça dans son espace et leva les yeux

vers lui, tout en appuyant lentement une main sur sa poitrine. Une certaine tension nerveuse se dégageait d'elle par vagues, mais aussi une impatience hésitante.

Il resta aussi immobile que possible, tandis que son loup se retirait la queue entre les jambes.

Lorsqu'elle laissa échapper ce souffle qu'elle retenait, et ne recula pas, l'espoir naquit dans ses tripes. Elle le caressa, ses doigts suivant les muscles de son torse avant de s'emmêler dans les lacets de coton de sa chemise. Chaque centimètre de lui durcit. Il avait envie de sa douce caresse sur d'autres endroits, plus intimes.

Mais elle se détourna ensuite, se dirigeant vers la grille tout en criant par-dessus son épaule.

— Je crains qu'il ne soit l'heure d'une autre série de corvées.

Elle semblait totalement inconsciente du fait qu'elle venait de déclencher un sacré fantasme. Il allait l'appeler « S'envoyer en l'air au milieu des fleurs ». Cela constituerait un bel accompagnement pour le fantasme de « s'envoyer en l'air dans la douche qui est assez grande pour une douzaine de personnes, mais tout ce que je veux, c'est elle », qu'il avait également stocké mentalement.

— C'est ça. Tu aimes ton boulot. N'essaie pas de le nier.

Damon ordonna à son corps de revenir à la normale alors qu'il se mettait en route derrière elle, ravi de porter un kilt. Qui aurait cru que les couches supplémentaires de tissu souple s'avéreraient être l'endroit parfait pour dissimuler une érection ?

— Mais on ajoute des excursions quotidiennes au planning, d'accord ?

— Absolument ! Je t'ai promis de te promener.

Il éclata de rire, et ils repartirent au manoir dans un

silence complice, récupérèrent leur déjeuner et retournèrent dans la pièce où elle travaillait.

Damon s'installa dans son coin, passant en revue tout ce qu'il avait appris jusqu'à présent ce jour-là en observant une petite femme. En lui, une chaude lueur grandissait, qui ne désirait que son bonheur, accompagnée d'un désir fébrile d'elle tout entière.

6

Elle n'était pas prête à dormir. Elle n'avait plus envie de lire. Ce qu'elle voulait, c'était faire quelque chose au sujet du métamorphe à côté d'elle qui la rendait folle.

La température avait baissé, et Damon avait allumé un feu dans la cheminée, puis tiré son canapé pour le mettre juste devant, afin qu'ils puissent se blottir et profiter de la chaleur. Il avait trouvé un repose-pied et l'avait mis en place pour étendre ses jambes. Lorsqu'elle l'avait taquiné pour qu'il lui en trouve un, il lui avait offert un sourire arrogant en tapotant ses genoux.

— Pose tes pieds ici, mon cœur.

Elle n'aurait pas dû. Elle ne l'aurait pas fait, sauf que ce maudit homme restait assis là, à la provoquer avec cette étincelle dangereuse dans ses yeux bleus comme un ciel d'été et ce sourire en coin qu'elle voulait lui arracher à coups de baisers.

Addie prit donc le taureau par les cornes, se laissa tomber sur le canapé, posa ses pieds sur ses genoux et attendit avec impatience de voir ce qu'il allait faire ensuite.

Rien du tout.

Rien, si ce n'est la replacer plus confortablement, hocher la tête, puis retourner à sa lecture. Déception mise à part, il lui fallut tout de même un bon quart d'heure avant que son rythme cardiaque ne retombe à mi-chemin de la normale.

Damon parcourait un vieux livre qu'elle l'avait autorisé à apporter du bureau. Il tournait les pages lentement, fredonnant de temps en temps comme s'il était surpris par ses découvertes. Il s'agissait d'un tome gigantesque relié en cuir, parsemé de petites écritures dans les marges, et de temps en temps, il soulevait le livre pour le rapprocher de son nez.

Et oui, elle passait plus de temps à le regarder qu'à lire. Elle n'était même pas sûre de ce qu'elle avait ouvert dans sa liseuse. Addie la mit de côté et regarda fixement le feu. La démangeaison sous sa peau revint, comme si elle désirait quelque chose. Aller... quelque part. Faire... quelque chose.

Elle contemplait les mains fortes de Damon qui tenaient le livre ancien. Non, elle allait se montrer honnête avec elle-même. Après son moment d'expérimentation dans le jardin, ce qu'elle voulait vraiment, c'étaient ses mains sur elle, la caressant alors qu'ils...

Toc, toc.

— J'y vais.

Ses pensées galopantes se dissipèrent lorsqu'elle retira ses pieds pour permettre à Damon de se redresser. Il posa le livre sur la table basse, puis se hâta de traverser la pièce pour ouvrir la lourde porte. Il arbora une expression confuse avant de pencher la tête dehors et de regarder dans les deux directions.

Pour ce qu'en voyait Addie, le palier en haut des escaliers était vide.

— Est-ce que nous venons d'avoir la visite d'un fantôme ? demanda-t-elle en plaisantant.

Le visage de Damon s'éclaira. Il se pencha pour prendre quelque chose qui était hors de la vue d'Addie.

— Peut-être. Si c'est le cas, c'est un bon gars, et il peut venir nous hanter quand il le souhaite.

Il pivota vers elle, tenant une bouteille en cristal étincelant contenant un liquide doré.

Addie s'avança vers le bord du canapé.

— Quoi ? Comment c'est arrivé là ?

Le canapé s'enfonça à côté d'elle alors que Damon déposait sa découverte entre ses mains.

— Ne me dis pas que tu n'as jamais reçu ce genre de visite avant.

Elle secoua la tête.

— Damon...

— Regarde, il y a un mot, dit-il en détachant le papier du col de la bouteille, hochant la tête d'un air approbateur.

— Bah, mon vieux ! *Grand-mère Susanna a insisté pour vous l'offrir. Ça vient de sa collection privée. Amitiés, Glenn.*

— Glenn... Qui est-ce ?

Mais comment Damon s'était-il fait des amis si rapidement ? Des amis qui étaient prêts à lui envoyer de superbes bouteilles de whisky ?

Damon s'avança vers la desserte et lui répondit par-dessus son épaule.

— Le jardinier. Je l'ai rencontré ce matin. Une sorte de métamorphe croisé. Il est digne de confiance et, selon ce qui va se passer au cours des prochaines minutes, en passe de devenir mon nouveau meilleur ami. Lui et sa grand-mère. Une femme formidable, ton adorable cuisinière.

Il revint un instant plus tard, de petits verres à la main.

— Tu veux verser ? lui proposa Addie.

Il secoua la tête en se balançant sur ses talons devant elle.

— À toi l'honneur. Il a été livré dans ta chambre, après tout.

Elle fit sauter le bouchon à l'ancienne, et un arôme riche et sucré se répandit autour d'eux. Damon et elle prirent tous deux de profondes inspirations appréciatrices avant qu'elle n'incline le cristal vers le bord du verre qu'il tenait.

— Tu me dis quand j'arrête.

— C'est toi qui décides. Je suis à ta merci, la taquina-t-il d'une voix profonde et séduisante, et soudain elle eut du mal à maintenir la bouteille stable.

La tentation était grande de remplir les verres, mais elle résista, posant la bouteille de côté et acceptant un verre de Damon. Ses doigts effleurèrent ceux d'Addie alors qu'il s'écartait.

Il vacilla un instant, se rattrapant en posant sa main libre sur la cuisse de la jeune femme. La sensation remonta le long de sa colonne vertébrale. Mais aucune émotion ne la frappa, et elle fut de nouveau curieuse : allait-elle oser continuer ?

Elle aurait été bête de ne pas le faire.

Au moment où sa main s'était posée sur sa cuisse, ils s'étaient figés comme des statues. Sa paume dégageait de la chaleur, et elle faisait tout ce qu'elle pouvait pour garder son talon planté sur le sol, obligeant sa cuisse à rester immobile au lieu de se frotter contre lui. La chaleur se répandit à partir du seul point de contact jusqu'à ce qu'il y ait un million de fils vibrants qui enveloppent son corps.

Le bleu des yeux de Damon s'intensifia, et sa louve se poussa : elle voulait se frotter contre lui.

Est-ce que ce ne serait pas une chose merveilleuse ? Le verre tomberait de ses doigts sur le sol, sans tenir compte des conséquences. Alors elle se jetterait dans ses bras et le laisserait s'occuper d'elle comme le ferait un méchant loup. Sur le sol, ou le canapé, ou même le pouf, elle s'en fichait. Tous offraient de parfaites possibilités de jeu et de plaisir et...

Wouah. Au moins, elle avait une imagination débordante.

Damon déglutit fort, et sa gorge remua. Lorsqu'il prit la parole, sa voix était grave, sexy et ronronnante... à deux doigts du ravissement verbal.

— Aux nouveaux amis, et aux vieux amis qui deviennent plus intimes.

Elle entrechoqua leurs verres, essayant désespérément de savoir dans quelle catégorie elle se trouvait. Une nouvelle amie ou une vieille, ou la nouvelle amie d'anciens amis, ou...

Heureusement, porter le verre à ses lèvres la ramena à la réalité. Sa louve s'assit et attendit que le côté humain se reprenne. La partie d'elle qui était plus en phase avec son côté animal voulait jouer avec l'homme charmant qui les regardait comme si elles étaient un appétissant amuse-gueule tout prêt.

Une douce ivresse glissa sur sa langue et dans sa gorge tandis qu'elle contemplait deux superbes piscines bleues remplies de luxure liquide. Elle se lécha les lèvres pour les débarrasser du goût enivrant.

— C'est un bon whisky, souffla-t-elle, sa langue trébuchant sur les mots, comme si elle avait bu toute la nuit.

Elle n'obtint pas de réponse. Rien, à part un léger tremblement de ses doigts sur sa cuisse dans la seconde qui précéda le retrait de sa main. Il bascula en arrière sur ses talons et se leva.

Un sentiment de tristesse l'envahit quand elle perdit son contact, mais son pouls continuait de s'emballer.

— C'est un *sacré bon* whisky !

Damon détacha son regard du sien, retournant à la bouteille pour examiner à nouveau l'étiquette. Il siffla doucement en secouant la tête.

— J'aurais pu soupçonner Glenn de s'être introduit dans la cave à vin et d'avoir subtilisé un vieux stock de Sterling-Wylde, mais sa grand-mère lui tirerait les oreilles s'il faisait une telle chose. Si cela vient de sa réserve privée, alors on dirait que la vieille dame a des secrets bien à elle. Tu connais cette étiquette ?

Il lui tendit la bouteille puis s'installa dans le fauteuil à droite du canapé, comme pour garder une distance entre eux.

Addie fouilla dans sa mémoire et se retrouva dans la situation rare de manquer d'informations.

— Je connais la plupart des brasseries et des whiskys locaux, j'ai fait quelques recherches avant de venir ici, mais je ne reconnais pas cette étiquette.

— Moi non plus, dit Damon qui but une autre gorgée, arborant une expression de plaisir. Ce qui me fait dire que c'est un whisky exceptionnel.

Addie se jeta sur le changement de sujet comme s'il s'agissait d'un lapin indocile.

— Tu es un connaisseur de whisky, c'est ça ?

Ses larges épaules se soulevèrent en un modeste haussement d'épaules, roulant sous la vieille chemise en lin qui lui allait si bien et le rendait si séduisant.

Il faisait assez chaud pour qu'il n'ait pas besoin du tartan drapé sur sa poitrine, mais il semblait apprécier ce qu'il avait trouvé dans les valises, privilégiant les nuances de bleu. Elle n'avait absolument aucun problème avec ça : la couleur rendait ses yeux encore plus brillants, et la couche de tissu sur son...

Damon s'éclaircit la gorge et elle recula, le visage brûlant quand elle se rendit compte qu'elle l'avait fixé.

Tu bavais, tu veux dire, la taquina sa louve.

Ferme-la, rétorqua-t-elle avec embarras, choquée que sa louve soit si effrontée.

Elle cligna fort des yeux pour se reconcentrer, et Damon se montra assez gentil pour ignorer son faux pas, continuant comme si elle n'avait rien fait.

— J'ai une certaine expérience des alcools fins, oui.

— D'un point de vue professionnel ou personnel ?

— Les deux.

Elle hésita. Son caractère curieux lui donnait envie d'en demander plus, mais à quel moment ses questions allaient-elles devenir impolies ? Il n'avait aucune raison de s'expliquer. Il était là pour rendre service à un ami, donnant de son temps pour apaiser ses craintes.

Damon lut dans ses pensées.

— J'aurais dû le mentionner plus tôt, mais j'ai été un peu con. Ne t'inquiète pas, je le pensais quand je disais que tu ne m'empêchais de rien. J'accepte des missions comme tu le fais, et je suis entre deux emplois. Je suis un contrôleur d'efficacité.

Intéressant.

— Officiel, ou sous couverture ?

Son sourire s'élargit.

— Tu ne sais pas à quel point c'est agréable de ne pas avoir à expliquer ce que je fais. Tu as sans doute déjà tout lu à ce sujet.

Elle avait déjà mentalement passé en revue trois ou quatre options différentes, mais ce n'était pas parce qu'elle comprenait ce que le poste pouvait impliquer qu'elle ne voulait pas savoir quelle était sa version.

— J'adorerais en savoir plus, et ce que ça a à voir avec les alcools rares et vintages.

Damon leur servit à tous les deux un autre verre de whisky.

— Ce n'est pas si excitant que ça. Les Ressources Humaines me contactent, le plus souvent après qu'il y a eu des magouilles financières.

— Des magouilles ? Oooh, on sort les grands mots !

— C'est moi, je suis du genre éloquent ! dit-il en levant son verre. J'y vais en tant que nouvelle recrue, un peu comme dans l'émission « Patron incognito ». Je peux passer jusqu'à un mois à m'infiltrer dans le système, et à la fin, je remets un rapport sur les endroits où se trouvent les failles et sur qui est le maillon faible. Mon côté loup aide à rendre le travail un peu plus facile. Il est assez doué pour dénicher les rouages fragiles d'une société, et pour ce qui est du reste, c'est un travail d'acteur amélioré.

Elle lui posa quelques questions supplémentaires, et il lui raconta des anecdotes, y compris des escapades alcoolisées de haut vol. Ce qui la mena à partager les aventures qu'elle avait vécues lors de ses missions, lorsqu'elle n'était pas traquée par des chats effrayants. Damon l'écouta comme s'il était fasciné, remplissant leurs verres de temps en temps.

Le feu crépitait et le whisky glissait en douceur, et elle se sentait bien plus à l'aise qu'elle ne l'aurait cru possible après avoir passé si peu de temps avec une autre personne.

Elle avait débuté avec une mauvaise impression de lui, et les nouvelles informations rendaient leur attirance encore plus... attirante. L'envie d'agir au sujet de cette chaleur qui mijotait entre eux se faisait de plus en plus forte à mesure qu'elle brûlait.

~

LA CONVERSATION RETOMBA DOUCEMENT. Mais c'était un silence confortable, pas gênant. Ils étaient assis tous les deux à écouter le feu, les yeux d'Addie rivés sur les flammes, ceux de Damon fixés sur elle.

Parce que, bon sang, elle était magnifique. Et intrigante aussi, à bien des égards.

Addie fit tournoyer le liquide ambré dans son verre et poussa un grand soupir.

— Eh bien, zut. Je me sens comme une idiote.

Damon attendit d'autres indices. Les choses allaient beaucoup trop bien pour qu'il intervienne après ce genre de commentaire. Il était certain de faire un faux pas et de les ramener à la case départ. Et vu comme elle était méfiante, il ne voulait pas que cela arrive.

Deux pas en avant, un pas en arrière, c'était toujours un progrès.

Elle croisa son regard avec un sourire sur ses lèvres, même si celles-ci se tordirent légèrement, comme si elle était gênée.

— Après avoir entendu parler de ton travail... J'avais fait quelques suppositions à ton sujet, plus tôt.

Ah.

— Tu pensais que j'étais un pauvre type fainéant.

Elle inclina brusquement la tête pour acquiescer, et son sourire s'élargit.

— Tu n'es absolument pas fainéant.

Il éclata de rire. Bon sang, il l'appréciait *vraiment*.

— Mais je suis toujours un pauvre type.

— Quoi, tu ne veux pas admettre que tu es un peu un abruti ?

— À cent pour cent abruti. Cent dix pour cent si je fais vraiment un effort, ou quand mon loup s'en mêle.

Damon huma son whisky. Il se réjouissait du léger bourdonnement dans ses veines, dû à la fois à l'alcool fort et à la proximité d'une femme très attirante.

— Mais, pour l'instant, il n'y a que moi.

Addie fronça le nez de la manière la plus adorable.

— Ce commentaire a-t-il un rapport avec ce qui s'est passé hier soir ?

La surprise de Damon se dissipa rapidement lorsqu'il se rendit compte qu'il n'y avait pas grand-chose qui lui échappait. Évidemment, sa panique momentanée de la nuit passée lui venait à l'esprit.

— C'est vrai. Tu n'oublies jamais rien.

— J'oublie beaucoup de choses, insista-t-elle. Je peux être aussi négligente et étourdie que n'importe qui. Aussi, si j'y travaille, je peux remplacer les détails que je ne veux pas par d'autres dans les souvenirs conscients. Cependant, ça demande beaucoup d'énergie, c'est pourquoi je ne regarde pas beaucoup de reportages ou de films d'épouvante.

Il étendit ses jambes, posant ses pieds à côté d'elle sur le canapé, ses orteils frottant sa cuisse. Un désir profond la frappa à nouveau, combiné à un plaisir unique. Ils flirtaient au lieu de se lancer à corps perdu, en dépit de l'intense attirance sexuelle entre eux.

Il y prenait plaisir. Au jeu au long cours. Au fait d'y aller doucement.

Une autre poussée de flammes illumina ses yeux lorsqu'il caressa délibérément sa jambe.

— Ton loup, demanda-t-elle, la voix chevrotante.

Damon but une gorgée en réfléchissant à ses paroles.

— Nous ne nous entendons pas, admit-il.

Addie se redressa, surprise.

— Comment peux-tu ne pas t'entendre avec ton loup ?

Il haussa les épaules.

— C'est comme ça depuis que je suis adolescent. Parfois, tout va bien, et à d'autres moments, je ne sais pas comment le contrôler. Alors j'ai tendance à l'ignorer et à garder cette partie de moi cachée. C'est plus sûr.

— Le plus sûr, ce n'est pas toujours le mieux, murmura-t-elle, déclenchant un faible bourdonnement d'instinct protecteur.

Il voulait faire disparaître ce ton triste dans sa voix. Mais elle leva à nouveau son regard vers le sien et sourit alors que ce qui semblait être un secret bien gardé s'échappait de ses lèvres.

— Je comprends qu'être un métamorphe n'est pas toujours facile. Mon côté loup me cause aussi des problèmes, confessa-t-elle.

Damon haussa un sourcil.

— Mes deux parents sont loups Oméga, et c'est... difficile.

Sa mâchoire s'ouvrit avant qu'il ne la referme.

— Eh bien, merde ! Et tu parles de choses rares !

Elle hocha la tête.

— Oui, oui, je sais. Je suis une parmi un million. Enfin, pas vraiment. Il y en a d'autres comme moi, mais comme les Omégas sont le rang le moins commun, les chances pour que deux d'entre eux soient compagnons et aient un enfant sont aussi élevées que celle de retrouver une aiguille dans une botte de foin.

Il avait peut-être croisé trois couples de ce genre au cours de tous les voyages qu'il avait effectués. Les Omégas étaient le cœur et l'âme d'une meute de loups, et travaillaient avec leurs Alphas pour garder sous contrôle les membres potentiellement sauvages et agressifs. Ils avaient tendance à s'accoupler à des Alphas puissants, pas à d'autres Omégas.

— Et tu as hérité quelque chose d'eux, n'est-ce pas ? Tu lis dans les pensées, peut-être ? Ou tu as une capacité à...

Attends une minute. Il agita un doigt vers elle, plus pour rire que pour vraiment l'accuser.

— Tu as triché, tu t'es servie de tes pouvoirs surnaturels pour que je me comporte bien.

— *Ha !* s'exclama-t-elle, et son rire lui fit l'impression d'un ballon d'hélium qui s'envole vers la liberté. Si ça, c'est ta manière de bien te comporter, on va avoir de gros problèmes.

Il fit un clin d'œil.

— Tu n'as pas idée.

Le feu crépita et il jeta un coup d'œil dans les flammes, de petits doigts rouges et dorés qui lui faisaient signe. Ses pensées restèrent concentrées sur la petite femme assise en face de lui. Sur sa manière de faire face à... ce qui la tracassait. Le fait de ne pas savoir ce qu'elle subissait le fit tressaillir. Il pouvait arranger ça, il en était *sûr*.

Il lui fallait plus d'informations. Damon s'apprêtait à demander quand elle le devança.

— Dis-moi une chose, murmura Addie.

Il marqua un temps d'arrêt.

Elle avait croisé les mains et les tournait d'avant en arrière.

— Il semble qu'il y ait une connexion entre nous. D'ailleurs, ce n'est pas une proclamation flippante d'Oméga, et peut-être que je me trompe, mais..., dit Addie, plongeant son regard dans le sien, avec des taches d'or scintillant contre le brun pâle. Nous sommes là, deux loups coincés au bout de l'univers, ou peu importe comment tu l'as appelé. Nous sommes tous les deux loin de notre élément. Et parfois, tu peux appeler ça comme tu veux, le destin ou le karma, parfois les gens se retrouvent ensemble pour une bonne raison.

Chaque mot qu'elle prononçait était comme une lame qui s'enfonçait plus profondément dans l'âme de Damon, comme si elle était un chirurgien expérimenté qui tranchait directement dans la blessure la plus profonde et la plus mortelle.

Surtout lorsqu'elle poursuivit.

— Raconte-moi un secret sur toi. Une chose que tu aimerais partager sans le pouvoir, et que tu gardes au fond de toi jusqu'à ce que tu aies l'impression que tu vas exploser.

— Ma compagne est morte.

Il ne s'attendait pas à laisser cette confession lui échapper. Elle non plus, à en juger par l'expression de pure horreur qui envahit ses traits. À l'instant où les mots quittèrent sa bouche, Damon voulut les reprendre. Et pourtant, il se sentait immensément soulagé de les avoir prononcés.

— Oh, mon Dieu ! Damon, je suis tellement désolée !

Des larmes lui montèrent aux yeux, et Damon tendit la main pour protester.

— C'était il y a longtemps. Tout va bien. Elle n'était pas... Je veux dire, c'est triste, et je déteste l'idée qu'elle soit morte, mais nous n'étions pas encore accouplés. Nous étions jeunes, et...

Bon sang, il était en train de faire n'importe quoi, mais alors qu'il réduisait la distance entre eux et s'installait aux côtés d'Addie, il était heureux que cette soirée bizarre ait eu lieu. Cela faisait longtemps qu'il n'avait pas parlé de

Caitlin. Même son meilleur ami n'était pas au courant de cette histoire.

Addie lui prit les bras et les serra fermement.

— Continue.

— J'avais une petite amie, à l'époque de mon adolescence. Nous avons commencé à sortir ensemble lorsque nous avions treize ans, et il n'y avait rien de trop lourd entre nous. Mais je savais que Caitlin était la bonne.

La tristesse brillait dans les yeux d'Addie.

Damon secoua la tête.

— Nous étions certains que cela arriverait, mais en attendant, c'était agréable d'avoir un secret qui n'appartenait qu'à nous. Les gens savaient que nous nous appréciions. Nous sommes allés à quelques rendez-vous à quatre avec mon meilleur ami Jim et la personne qu'il voyait à l'époque. Et lui pensait que nous étions surtout amis. Il n'y avait pas eu de connexion « coup de foudre » façon loup, comme cela arrive parfois. Nous nous étions toujours dit que cela se produirait lorsque nous serions assez vieux, mais ensuite..., dit-il avant de s'interrompre, déglutissant avec difficulté. Nous nous sommes fait agresser en rentrant du cinéma.

— Oh, non... !

Elle ferma les yeux, et son corps se raidit comme si elle se préparait à écouter la suite. Puis elle se concentra à nouveau, et ses grands yeux bruns lui offrirent un point solide auquel s'accrocher pour trouver la force de continuer.

Il lui était insupportable de tout raconter, alors il s'en tint aux grandes lignes. Rien que les faits.

— J'étais imbu de moi-même comme seul un loup Alpha de seize ans peut l'être. Et quand les voleurs ont demandé nos portefeuilles, j'ai été stupide. Je n'ai pas tout donné. À la place, je me suis attaqué à eux. J'en ai mis deux à terre en un rien de temps, et je me suis quasiment pavané quand je me suis retourné pour découvrir que le troisième s'était enfui de peur. Mais dans le processus, il a bousculé Caitlin et l'a projetée contre le mur le plus proche. Elle s'est cogné la tête si fort qu'il y a eu des complications, et c'est tout. Elle était partie.

Addie le serra plus fort, et son contact lui permit de rester centré.

— Je suis sincèrement désolée.

— Si seulement je ne m'étais pas comporté comme un enfoiré arrogant.

Elle inspira profondément.

— Oh, Damon, ce n'était pas ta faute. Ceux qui sont à blâmer, ce sont les ordures qui s'en sont prises à vous.

Elle baissa les yeux un instant, comme si elle rechignait à continuer, mais elle les releva et croisa son regard.

— Je suis désolée que tu ne l'aies pas dans ta vie. Je veux vraiment le meilleur pour toi.

C'était très surprenant. Ce n'étaient pas seulement des platitudes qu'elle lui lançait, il ressentait ses mots jusqu'au fond de l'âme.

— Je sais.

Il tendit le bras, dans l'intention d'essuyer la larme solitaire qui roulait sur sa joue. Celle qui s'était échappée lorsqu'il avait épanché son cœur insensé.

Elle se tordit pour échapper à son contact, et une douleur aiguë frappa Damon en pleine poitrine.

— Addie ?

7

À le voir, on aurait dit qu'elle lui avait donné un coup de pied. Bon sang, elle n'était qu'une idiote ! Addie s'accrocha à lui, lui serrant le bras par-dessus sa manche, refusant de le laisser s'éloigner.

— Ce n'est pas toi, lâcha-t-elle, luttant pour trouver ses mots. Cette *difficulté* dont je t'ai parlé, celle que mes parents Omégas m'ont léguée... ? Une compétence. Un super talent qui m'a fait reculer.

— Continue.

Damon attendit, l'air bien plus anxieux qu'elle ne l'avait vu jusqu'à présent. Même lorsqu'il avait partagé sa plus profonde douleur, il avait parlé clairement, mais à présent... Il semblait brisé.

Elle inspira profondément.

— Lorsque je touche la peau des gens, ou qu'ils touchent la mienne, je ressens ce qu'ils ressentent. Cela peut être... dévastateur. Et invasif. Et je ne voulais pas que ça t'arrive. Voilà pourquoi j'ai réagi comme ça.

Un pli profond se creusa entre ses yeux bleus parfaits, et elle le vit réfléchir à ce que signifiait son explication.

94

Attendre sa réponse était une torture.

Damon secoua la tête.

— Mais, quand je suis arrivé, tu m'as embrassé. Et dans le bureau, nous nous sommes encore embrassés.

Elle y avait beaucoup réfléchi, elle aussi.

— Les deux fois, c'était une surprise, et c'était l'émotion la plus forte que tu ressentais. Et ça ne me dérange pas de savoir ce que tu ressens pendant un rapport sexuel, mais c'est très intime. Je ne veux pas outrepasser mes limites. Je veux toucher...

Elle s'interrompit, elle ne voulait pas en admettre davantage.

S'il se retirait, elle comprendrait. Ce n'était pas tous les jours que quelqu'un se promenait dans votre intimité la plus secrète.

Damon se leva et fit quelques pas. Même si elle en comprenait la raison, elle lutta pour masquer son soupir de tristesse.

— Nous avons dormi ensemble, souligna-t-il.

— Louve et humain. Tant que l'un de nous est transformé, il y a une barrière.

Il rit doucement en se tournant face à elle, avec un léger sourire aux lèvres.

— Le karma est une vraie plaie, n'est-ce pas ?

— Parfois.

Il leur versa de nouveaux shots de whisky, lui tendant le verre en prenant soin de ne pas lui toucher les doigts.

— C'est aussi une femme rusée.

Damon se réinstalla sur le canapé, sa cuisse serrée contre la sienne tandis qu'il se penchait en arrière et étirait un bras le long du dossier. Il leva son verre.

— Pas de pot, hein ?

— C'est ça...

Que mijotait-il ?

Il but son verre d'un coup, attendant qu'elle ait fait de même avant de prendre leurs deux verres et de les mettre de côté.

Puis il posa une main sur l'épaule d'Addie, la tirant pour qu'elle se tourne face à lui.

— Est-ce qu'une expérience te tenterait ?

De la chaleur rayonnait de l'endroit où sa main reposait, mais rien de fâcheux ne se produisit sur le plan émotionnel.

— Est-ce que cela implique d'errer dans les couloirs à la recherche de points froids où les damnés s'accrochent encore au lieu terrestre de leur mort prématurée ?

Damon sourit.

— C'est au programme de demain. Ce soir, je me disais que peut-être...

Il fit glisser son pouce d'avant en arrière, la caressant par-dessus son t-shirt. Il aurait tout aussi bien pu se servir d'un Taser sur elle : la réponse électrique de ses terminaisons nerveuses était hors norme.

— Tu... me touches.

— Par-dessus tes vêtements, dit-il d'une voix dont l'inquiétude et la passion contenue l'enveloppaient d'un cocon protecteur. Des réactions négatives ?

— En dehors du fait que ma bouche s'est asséchée et que mon cœur bat si vite que je pourrais alimenter un bateau à moteur, je n'ai aucune réaction, lui dit-elle avec humour.

Il fredonna son approbation, et son regard suivit sa main alors qu'il passait ses doigts sur le devant de son t-shirt. Il caressa la courbe de sa poitrine, ralentissant quand le bout de ses doigts glissa sur la pointe tendue de son mamelon.

— Tu as dit qu'il y avait une connexion entre nous. Il y a une sacrée attirance, ça, c'est sûr.

Addie gémit quand il la pinça, se cambrant contre sa main quand il l'ouvrit et la saisit.

— C'est fantastique, mais on ne peut pas... Je veux dire, je me sens coupable.

Damon rit en se penchant pour poser ses lèvres sur la partie supérieure de sa poitrine.

— Coupable parce qu'on va s'amuser ?

— Je ne peux pas te toucher, se plaignit-elle. Sauf par-dessus *tes* vêtements.

— Peut-être, peut-être pas, mais pourquoi tu te précipites ?

Damon glissa du canapé pour se placer entre ses jambes. Il les écarta pour s'agenouiller devant elle.

— Concentre-toi sur l'expérience. Pose tes mains sur mes épaules, et ne les bouge plus.

Il attendit qu'elle ait obéi, le tissu frais se réchauffant rapidement sous ses doigts à cause de la chaleur qui se dégageait de sa peau. Mais cette couche, aussi fine soit-elle, la protégeait. Un frisson de désir la traversa lorsqu'il se pencha en avant, replaçant sa main de façon à ce que le poids de sa poitrine soit calé dans sa paume.

Des yeux remplis de luxure croisèrent ceux d'Addie lorsqu'il se lécha les lèvres.

— Je mourais d'envie de faire ça.

Il plaqua sa langue contre le tissu, et une tache humide apparut sur son haut de pyjama beige. Cette vue donna la chair de poule à la jeune femme, mais plus puissante encore était la sensation d'humidité. De chaleur. Elles embrouillaient ses sens, et le désir enfla alors qu'il refermait ses lèvres autour de son mamelon et le suçait.

— Oh, bon sang, que c'est bon !

Addie renonça à protester pour se prélasser dans l'hédonisme. Sa tête retomba en arrière, et elle se poussa contre lui. Elle en voulait plus. Elle bloqua ses doigts sur ses épaules pour ne pas l'interrompre tandis qu'il la mordillait à travers le tissu. Des spirales de plaisir tendues se déroulèrent pour connecter ses seins et son ventre comme les extrémités d'un ressort intérieur pervers.

Après quelques passages d'un côté à l'autre, le tissu était suffisamment humide pour s'accrocher sur sa peau lorsqu'il abaissa ses mains sur ses cuisses. Sa bouche et ses lèvres restèrent en place pour la soumettre à un supplice des plus doux, tandis que ses doigts remontaient le long de ses jambes en formant des ovales précis, se rapprochant à chaque fois de l'endroit où elle brûlait de le sentir.

C'était si lent, interminablement lent, comme les frottements de ses lèvres et le contact de ses dents. Quand il effleura enfin son sexe de ses doigts, cela en valait la peine. Addie ferma les yeux et se demanda si le fait d'ouvrir plus grand les jambes et de se balancer contre lui l'amènerait plus vite à l'orgasme ou si ce serait de l'énergie perdue.

Elle était déjà proche.

— Impatiente, la taquina Damon, la bouche contre son sein.

Son mamelon la picotait, et elle tira sur ses épaules, tentant de le faire revenir là où elle avait besoin de lui.

— J'aime l'impatience, murmura-t-il en ralentissant son rythme.

— N'arrête pas, le supplia-t-elle. Tu ignores depuis combien de temps personne n'a plus posé ses doigts là en dehors de moi.

— Je n'arrête pas, seulement...

Il ajusta sa position, posant sa main plus fermement sur elle. Comme par magie, il trouva son clitoris à travers les épaisseurs, et il continua de frotter. Seulement maintenant, son aine cognait contre son tibia, et le lourd poids de son sexe se pressait contre elle tandis qu'il se balançait. Un grognement aigu de satisfaction lui échappa avant qu'il ne recommence à la rendre folle.

Ses mains et ses lèvres lui donnaient l'impression d'être partout, un assaut interminable contre ses sens tandis que la respiration de Damon s'accélérait. Le bord du précipice se rapprochait à toute vitesse, et...

Douce libération.

La palpitation démarra au plus profond d'elle-même et la projeta contre le canapé tandis que ses doigts se jouaient d'elle comme d'une guitare. Les muscles massifs de ses avant-bras dansaient en rythme tandis qu'il faisait durer son orgasme, battant des hanches de plus en plus vite jusqu'à ce qu'il gémisse, sa main libre serrant la cuisse de la jeune femme dans un étau.

Addie s'effondra sur son siège, oubliant les apparences pour s'étaler confortablement, réduite à une flaque de satisfaction. Damon reposa sa tête contre sa poitrine, la joue collée contre le point humide d'un mamelon. Elle lui caressa le dos, le tapotant joyeusement.

— Est-ce ce qu'on appelle une expérience réussie ? Parce que je vais te donner des notes parfaites !

— Je serai ravi d'être le chouchou de la prof.

Addie éclata de rire.

— J'ignorais que cette soirée prendrait une telle tournure.

Damon s'écarta, prenant garde d'éviter que leurs mains n'entrent en contact pendant qu'il reculait.

— Je suis ravi qu'elle l'ait fait.

— Moi aussi.

Il bascula en arrière sur ses talons.

— Tu n'es pas vierge, n'est-ce pas ?

Elle secoua la tête.

— Mon don s'est développé lentement depuis l'adolescence. Il est devenu vraiment incontrôlable l'année dernière.

— Et tu n'as pas batifolé depuis ?

Addie se mit à rire en voyant son expression choquée.

— C'est difficile d'avoir envie d'essayer quand on s'inquiète. Disons-le comme ça : quand ton partenaire est distrait pendant le sexe, c'est horrible.

— Comment quelqu'un pourrait-il être distrait alors que tu te tortilles de plaisir dans ses bras ?

La bouche d'Addie s'assécha à nouveau.

— Wouah, tu es doué.

Damon sourit.

Pourtant, il avait besoin de savoir.

— Il y a tout un tas d'émotions absolument pas sexy qui peuvent intervenir pendant le sexe, surtout quand il repère une araignée, et qu'il en a peur et soudain... Eh bien, disons simplement que la plupart des amants n'aiment pas que les femmes leur hurlent dans l'oreille en plein coït. Ça casse l'ambiance.

Il lui saisit le coude et l'aida à se lever.

— Ce n'est pas un bon genre d'excitation.

La dernière chose qu'il voulait, c'était qu'elle se retire. Mais il voulait encore moins qu'elle se sente obligée d'aller plus vite que ce qui lui semblait prudent. Même maintenant, elle tremblait, son bras sous ses doigts vibrait, et il n'avait pas l'impression que c'était le contrecoup de l'orgasme.

Il était doué, mais pas à ce point.

— Allez, allons nous coucher. Mais j'ai besoin d'une douche d'abord.

Elle hésita, soudain timide.

— J'aimerais essayer d'autres choses.

— Demain, lui promit-il.

Il se pencha, tenté de l'embrasser. Il lui fallut toute sa force pour s'en empêcher.

— Dors encore dans ton corps de louve. Ça, nous savons que c'est sans danger, n'est-ce pas ?

Addie hocha la tête, puis le suivit dans la salle de bains.

— Je...

Elle se tenait dans l'embrasure de la porte. Sa peau brune rougit tandis que son regard dérivait sur lui.

— Est-ce que ce serait trop provocateur si je reste ici et que je te regarde ? Alors que nous ne pouvons rien faire de plus ? Ou as-tu envie de faire plus ?

— Sois sage.

Il était tenté, mais ses réflexions du début de la soirée resurgirent. Ils avaient quelque chose de chouette, et aller lentement n'était pas un problème. En fait, cela ajoutait quelque chose à leur relation. Quelque chose qu'il n'avait pas ressenti depuis qu'il avait perdu Caitlin.

Addie n'était peut-être pas sa compagne, mais elle était spéciale, et pour d'autres raisons que son milieu Oméga. Il maintint délibérément un espace entre eux, et tendit les mains par-dessus ses épaules pour attraper sa chemise et la tirer sur sa tête. Il froissa le tissu en boule et le jeta au sol devant lui.

— Tu ne touches pas. C'est ma règle. Tu peux regarder autant que tu veux.

Addie était appuyée sur le cadre de la porte, son pantalon de pyjama et sa chemise de nuit encore humide formant une fine barrière entre eux. Soudain, il eut envie qu'elle disparaisse elle aussi.

— Je fais payer les dames pour qu'elles me reluquent pendant que je me douche.

Il sourit, jouant avec le bouton de son kilt.

— Tu fais payer ? répéta Addie en se redressant, arborant une expression malicieuse à son tour. Je n'ai aucune idée de ce que tu pourrais bien me demander en échange.

Elle tordit l'ourlet de son t-shirt entre ses doigts et, bordel, il était vraiment stupide parce qu'il venait peut-être de réagir à la manière d'un gamin, mais son membre était à nouveau dur.

— Retire ça, mon cœur. Laisse-moi voir.

Elle remonta le tissu, et il la contempla avec attention. Son nombril, puis ses côtes, et enfin ces mamelons bruns parfaits qu'il avait sucés plus tôt à travers son t-shirt apparurent.

— Oh, bordel, je vais tomber raide mort, la prévint-il.

C'était comme déguster un buffet à l'envers. Il savait déjà quels sons elle produisait quand elle jouissait. Il savait déjà comment elle tremblait sous ses mains, comment elle se contractait légèrement juste avant l'orgasme.

À présent, il pouvait contempler les trésors qu'il avait caressés quelques instants plus tôt.

— Baisse ton pantalon, lui ordonna-t-il.

— Ton kilt d'abord, insista Addie, glissant une main sous son pantalon de pyjama.

Le cerveau de Damon bugua. Nue au-dessus de la taille, son pantalon dissimulait ce qu'elle faisait à sa vue, mais il imaginait ce qui se passait. Le tissu doux remuait légèrement tandis que ses articulations frottaient contre le coton usé.

— Si tu te fais jouir, je vais vraiment mourir. Sur-le-champ.

— Laisse tomber le kilt, Damon, lui ordonna-t-elle, appuyant ses épaules contre le mur.

Sa lèvre inférieure glissa entre ses dents, et elle fredonna doucement, ses doigts bougeant à nouveau de manière intrigante.

— *Bon sang...*

Un instant plus tard, le kilt était à terre et Damon se tenait debout, entièrement nu à l'exception de ses chaussettes. Tout son corps était dur et douloureux, son sexe pointant droit sur elle comme si elle était le pôle Nord et lui une boussole.

Elle taquina un peu plus de sa lèvre inférieure avant de pousser un soupir satisfait.

— Te regarder, c'est comme se promener dans le Louvre à Paris et tomber sur l'une des plus belles œuvres de Michel-Ange. Tu es sûr de ne pas t'appeler David ?

— Tu es troublée.

Il agrippa son membre plus fort et le caressa à plusieurs reprises. Il ne pouvait pas s'en empêcher.

— David est à Florence, mon cœur. Pas à Paris.

Elle avait les yeux rivés sur la main de Damon.

— Tu vois, j'oublie parfois des choses. Je devrais te laisser te doucher.

Elle fit mine de se préparer à partir.

— Si tu avances d'un pouce vers cette porte, je t'enroule dans une couverture, je t'emmène au sommet de la plus haute tour et je te donne tellement d'orgasmes sonores que les garçons penseront que le fantôme d'un maniaque sexuel hante l'endroit.

Addie ricana.

— Ça ne ressemble pas vraiment à une menace...

Mais elle passa ses pouces sous le bord de son pantalon de pyjama et se tortilla pour l'enlever. Ses seins plongèrent lorsqu'elle repoussa le tissu jusqu'à ses chevilles. Elle jeta le tissu sur le côté, et il rejoignit la pile des affaires de Damon sur le sol.

Elle se tenait debout, une jambe fléchie, son poids reposant sur une hanche qui saillait, les mains pendantes sur les côtés. Comme une statue dans les musées dont elle avait parlé, mais bien mieux. Elle n'était pas faite d'un marbre blanc et froid, mais d'une peau brune et chaude qui brûlait d'être touchée.

D'une manière ou d'une autre, il allait trouver le moyen de faire en sorte que cela arrive.

Ils se dévisagèrent, puis elle lui envoya un baiser et se transforma en louve en un clin d'œil. La lumière pulsa, la magie la faisant passer d'une belle créature à une autre, et Damon était pratiquement convaincu qu'il pourrait tomber amoureux de l'une ou l'autre.

Addie regagna la chambre tandis que Damon se lavait rapidement. Il ne voulait plus repousser le moment où il pourrait être avec elle.

Quand il arriva au lit, Addie s'était déjà pelotonnée, le nez rentré sous ses pattes, douce et détendue. Damon en profita pour s'enrouler autour d'elle, la protégeant avec son corps.

Quiconque n'était pas un métamorphe ne pouvait comprendre à quel point il était naturel pour eux d'être nus et de se toucher, et il ne pouvait pas non plus comprendre à quel point elle avait dû souffrir d'être limitée dans ses contacts au cours de l'année écoulée.

Elle méritait qu'on lui offre de la tendresse et des câlins.

La dorloter toute la nuit ne posait aucun problème. Pas plus que de se réveiller à temps pour être sorti du lit et habillé avant elle, de se précipiter à la cuisine pour offrir un baiser à Grand-Mère Susanna avant de dévaliser les placards à la recherche d'un petit déjeuner.

La vieille femme rougit et secoua la tête lorsqu'il la remercia pour le cadeau qu'elle leur avait envoyé la veille.

— Elle ne me servait à rien à rester sur l'étagère, dit-elle, en écartant ses doigts des galettes de saucisses qui grillaient à feu vif dans la poêle. J'ai des plateaux pour vous et la gentille jeune femme qui sont presque prêts. Patientez un peu, mon garçon. Ça ne sert à rien de précipiter les bonnes choses.

Ses paroles faisaient écho aux pensées qu'il avait eues la nuit précédente.

Il gravit les marches deux à deux, tenant aisément le plateau en équilibre dans ses mains tandis qu'il transportait deux assiettes pleines de nourriture et une cafetière fumante qu'ils pourraient déguster sur le balcon au soleil du matin.

En dehors du fait qu'il faillit trébucher sur un autre chat domestique en haut de l'escalier, la journée se poursuivit de manière spectaculaire. Le café était parfait, leur conversation autour du petit déjeuner suffisamment générale pour être sans danger tout en étant divertissante. Le meilleur moment fut de voir le plaisir éclore sur le visage d'Addie lorsqu'elle croqua dans une saucisse. Damon dut détourner le regard pour s'empêcher de fixer ses lèvres.

Elle finit par tapoter sa serviette contre sa bouche et repoussa son assiette vide avec un soupir de satisfaction.

— On change de pièce aujourd'hui, annonça-t-elle. Cette fois, tu vas devoir bosser.

Damon prit la pose pour lui montrer ses muscles, lui offrant ses biceps à admirer.

— Oui, je te vois. Cela ne me dérange pas que tu sois un beau mâle, approuva-t-elle avec un sourire en coin.

— Je veux bien soulever et porter des trucs, dit-il, mais tu dois accepter que je sois responsable de nos pauses et de l'heure de départ. Elle desserra le bracelet de sa montre et le lui tendit. Damon l'accepta avant qu'une autre pensée ne lui vienne.

— Tu n'as pas en plus une horloge dans la tête, n'est-ce pas ?

Addie éclata de rire.

— Un seul talent bizarre me suffit, merci.

Puis elle le conduisit dans ce qui devait être une salle de stockage, aux murs recouverts de boîtes non étiquetées, toutes recouvertes d'une épaisse couche de poussière.

Alors il eut à soulever des choses. Il dut soulever *des tas* de choses. Une fois qu'elle eut passé en revue une dizaine de boîtes, il était couvert de plusieurs centimètres de poussière.

Il s'apprêtait à suggérer que c'était l'heure de leur première pause lorsque Addie siffla tout bas, brandissant un papier de lin lié par une longueur de dentelle fine.

— Regarde-moi ça, dit-elle. Le mystère s'épaissit, Watson.

Damon s'appuya sur la table à côté d'elle.

— Si je devais faire une déduction à partir de ce commentaire, je dirais que tu as découvert un autre testament.

— C'est possible. Je vais l'ouvrir, et tu vas me servir de témoin oculaire, si ça ne te fait rien. Je ne veux pas en faire tout un plat si ce n'est qu'un tas de vieilles lettres d'amour. Mais c'est le genre de papier dont Lord Sterling-Wylde s'est servi pour les autres testaments.

Damon posa son bras contre le sien pour se rassurer, et

elle leva les yeux, lui adressant un rapide sourire avant de se remettre à la tâche de détacher la délicate ficelle.

Addie déplia soigneusement la première partie, et cela sembla suffire à confirmer ses soupçons.

— *Testament final de Lachlan Sterling-Wylde*. Nous avons le testament numéro cinq. Les garçons ne vont pas être contents.

Elle ne l'ouvrit pas davantage, mais le replia soigneusement et le mit de côté, hors de la zone poussiéreuse où elle travaillait.

— Tu n'es pas curieuse de savoir ce que ça dit ?

— Bien sûr, que je suis curieuse, mais ce ne sont pas mes affaires. Je peux patienter jusqu'à ce que la version officielle soit établie. Et heureusement, l'exécuteur testamentaire passe aujourd'hui pour que je lui fasse son compte rendu hebdomadaire. Je peux lui donner celui-ci sans en parler aux garçons.

— S'ils te causent des ennuis, je suis là pour toi, lui rappela-t-elle.

Addie hocha la tête.

— C'est vrai, et je t'en remercie.

Elle marqua une pause. Elle regarda derrière lui le carton qui se trouvait au fond de la pièce et secoua la tête.

— Quelqu'un a dû avoir une promo sur les journaux en cuir. Je te jure que j'ai vu passer une dizaine de ces couvertures dorées. Je n'arrête pas d'en trouver partout, dans des endroits qui n'ont aucun sens.

— Tu es juste agacée de ne pas pouvoir travailler méthodiquement, la taquina-t-elle gentiment. *Les livres vont dans la bibliothèque.*

Elle lui tira la langue, et Damon ne put résister. Il se pencha en avant et déposa un baiser sur ses lèvres, glissant sa langue contre la sienne pendant un bref instant avant de se retirer. Il observa attentivement sa réaction.

Ses yeux s'écarquillèrent et son pouls s'emballa à la base de sa gorge, mais elle ne se mit pas à crier ni rien, donc c'était bien.

— Est-ce une autre expérience ? murmura-t-elle.

Oh, bon sang, non ! Damon la piégea sur place, une main de chaque côté de ses hanches sur la table.

— Certainement pas. C'est l'heure de notre pause. Prête à te rafraîchir ?

Un éclair de nervosité passa dans les yeux d'Addie.

— Et si...

— Alors on arrêtera.

Il ne prit pas la peine d'en discuter davantage. Il se pencha simplement en avant, réduisant la distance entre eux. Elle avait les yeux rivés sur ses lèvres, et entrouvrit légèrement les siennes. Son souffle chaud frôla la joue de Damon.

Les autres fois où ils s'étaient embrassés, c'était dans un élan de folie : elle avait raison de dire que la surprise avait été la principale émotion. Mais maintenant, il voulait quelque chose de différent. De l'impatience. Un désir sensuel.

Il se pencha vers elle, leurs poitrines se frôlèrent, en toute sécurité avec leurs vêtements comme barrière. La chaleur de leurs corps se mêla lorsqu'il abaissa la tête.

Addie inclina la sienne en arrière et sur le côté, inspirant brusquement avant qu'il n'entre en contact avec sa peau. Des lèvres douces rencontrèrent les siennes, chaudes et séduisantes. Il lui offrit un baiser avant de reculer de quelques centimètres, s'avançant pour répéter le mouvement une dizaine de fois. Cela lui laissait le temps de réagir si nécessaire, le temps pour lui de s'éloigner, mais elle ne fit que se coller plus étroitement contre lui, répondant avec avidité à ses avances.

Damon saisit sa chance et glissa une main dans son dos jusqu'à ce qu'il tienne sa tête, l'inclinant sur le côté pour pouvoir l'embrasser plus profondément. Leurs langues glissaient l'une contre l'autre, des contacts timides qui envoyaient des frissons dans tout son corps, un désir urgent qui enflait et qu'il mettait de côté pour profiter du plaisir simple de cette étreinte.

Au moindre soupçon de réponse négative, il se retirerait à l'autre bout de la pièce plus vite que l'éclair, mais les seuls sons qui émanaient d'elle étaient des gémissements de bonheur. De plaisir. *De besoin.*

Il aurait pu continuer encore longtemps, mais au lieu de cela, il se retira, respirant fort tandis qu'ils se regardaient dans les yeux.

— Je n'ai aucune idée de comment tu as fait ça, chuchota Addie, dont le ton reflétait sa stupéfaction totale. Rien... Je veux dire, je n'ai qu'une envie, c'est recommencer, s'il te plaît.

— Tu es tellement avide... Je vais devoir garder un œil sur toi. Qui sait le genre de bêtises que tu pourrais faire toute seule dans ces pièces sombres et isolées ?

— Ah ! S'il y a des bêtises, tu voudrais être impliqué.

Damon joua l'innocent.

— Moi ? *Impliqué* dans des bêtises ? Je crois que le mot que tu cherches, c'est instigateur.

Elle dit doucement, un sourire séducteur sur les lèvres.

— Vaurien.

— Tu aimes les vauriens.

Il la laissa partir à contrecœur.

C'était très étrange : son loup était complètement absent, et ce depuis le jour précédent, mais il n'était plus inquiet. Maintenant il se concentrait sur Addie et sur ce qu'ils pourraient faire pendant la prochaine pause. De quoi continuer à tâter le terrain, surtout si cela faisait ressortir la tension sexuelle entre eux.

Il aimait les défis, et celui-ci était l'un des plus agréables qu'il ait connu depuis longtemps.

8

———————

Addie comprit enfin pourquoi Damon était là : pour la tourmenter.

Elle avait cru que Lillie l'avait envoyé pour l'aider, mais il s'agissait en fait d'une déclaration de guerre de sa meilleure amie. Il tenait les garçons Sterling-Wylde à distance tout en la rendant complètement folle.

Trois jours. Trois jours merveilleusement dévastateurs et *frustrants*.

C'était le temps qui s'était écoulé depuis leur discussion intime cette nuit-là devant le feu. Trois jours où ils avaient échangé des baisers et de brèves caresses, où Damon s'était approché furtivement d'elle pendant qu'elle travaillait et l'avait frôlée à la moindre occasion.

À aucun moment elle n'avait été submergée par une vague d'émotions, du moins pas venant de lui. Sa libido faisait du bon travail en faisant grimper sa tension artérielle en flèche toute seule.

Il l'avait fait jouir sur le lit la nuit précédente. Il l'avait fait se déshabiller avant de lui ordonner de s'allonger sur le linge doux qui recouvrait le matelas. Elle avait été persuadée qu'ils allaient vraiment faire l'amour, mais au lieu de cela, il avait pris le drap de dessus doux et soyeux et l'avait étendu sur elle, la caressant à travers le tissu tout en l'embrassant sans retenue.

Les orgasmes étaient une chose merveilleuse, mais elle voulait vraiment du sexe. Et elle avait envie de le toucher, ce qui n'était pas prévu au programme, en dépit de tous ses efforts. Il avait tous ces muscles qu'elle avait pu admirer, que ses doigts se languissaient d'explorer. Pourtant, Damon était maître dans l'art de la diversion ; il trouvait toujours un moyen de rester hors de portée et d'orienter l'exploration sensuelle dans sa direction.

Elle avait du mal à bouder tout en tremblant après un autre orgasme.

Pour couronner le tout, sa louve faisait la tête. Ils n'avaient pas encore perçu le côté métamorphe de Damon, ce qui, tout bien considéré, était vraiment bizarre.

Assez. Aujourd'hui, elle allait faire quelque chose pour sortir de l'impasse. Parce que, même s'ils s'amusaient beaucoup et que son travail se passait mieux avec la présence protectrice de Damon, Addie en voulait plus. Elle voulait donner plus, et cette fois, il allait devoir l'accepter.

Choisir le bon moment était plus difficile que de prendre la décision de faire les choses. Une pluie battante les avait contraints à rester à l'intérieur toute la matinée, mais après le déjeuner, le soleil jaillit.

— C'est l'heure de la pause, annonça Damon en se levant de la chaise d'où il gardait discrètement un œil sur elle.

— Dehors ? suggéra Addie.

Il hocha la tête.

— Le jardin, ou au bord du lac ?

Hmmm. De grands espaces ouverts, ou de nombreux recoins et endroits cachés pour un rendez-vous secret ?

— Le jardin.

Malgré ses intentions cachées, ils commencèrent par flâner pendant plus d'une heure, en parlant de leurs familles. Découvrir ce qu'il avait fait pour s'amuser en grandissant à New York soulignait à quel point sa vie avait été très différente de celle qu'elle avait connue dans la campagne écossaise.

Ils n'avaient pas grand-chose en commun, mais elle ne pouvait pas nier leur attirance. Et après le batifolage auquel ils s'étaient livrés, elle était certaine que le fait d'aller jusqu'au bout ne serait pas un problème pour son talent *magique.*

Même si c'était le cas, elle voulait prendre le risque.

Ils se promenaient côte à côte, Damon flirtant outrageusement, et la boule de chaleur dans son cœur continua à se développer.

Il fallait que ce soit possible de faire plus. Elle voulait que ce soit possible.

— J'ai quelque chose à te montrer, lui murmura-t-il.

Il s'était faufilé derrière elle et l'avait brièvement enveloppée dans ses bras, frottant affectueusement son nez dans son cou pendant une fraction de seconde avant de s'éloigner.

— Tu es terriblement effronté.

Elle vit la malice dans ses yeux alors qu'il se redressait, tel un mur solide. Son corps musclé était détendu, mais alerte, et elle prit un moment pour savourer chaque centimètre de sa solide silhouette. Il était bâti comme la fine fleur des loups. Une musculature forte, pas démesurée, mais suffisante pour qu'elle ait envie de passer ses doigts sur lui, de caresser ses formes lisses et semblables à du marbre.

Lisses, à l'exception du soupçon de poils au centre de sa poitrine et de la ligne qui partait de son nombril et descendait dans son kilt...

Et pourquoi avait-il encore retiré sa chemise ? Tout d'un coup, les jambes d'Addie ne lui semblaient plus très stables.

— J'ai déjà vu ça.

Le désir instantané et perturbant qui la frappa lui parut légèrement sarcastique.

Damon lui adressa un sourire malicieux.

— Derrière ce mur se trouve la prochaine chose que nous allons faire pour notre pause.

— Et ça implique de retirer nos vêtements ?

Oh, bon sang. Ce n'était pas la question qu'elle aurait dû poser, pas seulement parce que cela le fit venir à pas lents vers elle, mais parce qu'intérieurement, elle sautait de joie, et qu'elle avait aussitôt eu envie de se déshabiller.

— Je devrais retourner travailler, le taquina-t-elle.

Il s'avança à portée de main, lui caressa le bras en la regardant de haut en bas.

— Dis-moi que tu ne sais pas déjà tout sur ce que tu viens de voir, des cadrans solaires aux médaillons dans l'herbe. Tu vas l'ajouter à l'inventaire, n'est-ce pas ?

— Donc je ne suis pas vraiment en train de glander. Je travaille.

Damon hocha la tête.

— Tu dois faire une recherche approfondie, dit-il en faisant un signe du pouce derrière lui, y compris au sujet de ce qui se trouve derrière. J'ai déjà vérifié, donc je sais exactement où nous devons aller. C'est toi le chat !

Il fit volte-face avant qu'elle puisse protester, disparaissant derrière une lourde porte en bois qu'il avait laissée entrouverte. Addie rit à gorge déployée, le son résonnant joyeusement sur les murs de pierre.

Parfait. Tellement parfait. Damon venait de faire son jeu.

Elle jeta un coup d'œil au coin pour s'assurer que la voie était libre. Puis elle entra dans une petite alcôve, se déshabilla et empila soigneusement ses vêtements sur le banc voisin.

Addie se transforma, embrassant son côté louve. Elle devait suivre sa proie, et c'était le meilleur moyen. La douce sensation de la transformation la disposait davantage à le retrouver, secouant sa fourrure avant de renifler l'air. Les odeurs habituelles de la nature sauvage l'accueillirent, comme les petits animaux qui vivaient à proximité, et les oiseaux chanteurs qui s'envolaient dans les rosiers enchevêtrés des environs.

Et le parfum de Damon, sauvage et enivrant. Une faim d'un genre particulier s'installa, et Addie repoussa tout le reste pour laisser le champ libre à sa louve.

Elle franchit le seuil de la porte à toute vitesse, refusant de se laisser distraire par les odeurs laissées par les lapins de passage et les ratons laveurs errants. Damon avait zigzagué entre les buissons qui s'élevaient de plus en plus haut au-dessus de sa tête, et elle se rendit compte qu'ils étaient entrés dans le labyrinthe.

À chaque pas elle découvrait de nouveaux secrets cachés dans de petites alcôves taillées dans les murs vivants du dédale. Ils avaient dû être mis en place comme repères pour les humains qui se promenaient, mais elle n'en avait pas besoin. Le parfum de Damon s'accrochait dans son esprit, un aphrodisiaque riche et sensuel.

Addie accéléra. Se précipitant vers lui comme si elle était attirée par un aimant.

Sa louve fonctionnait à un niveau plus basique, et même si elle n'appréciait pas toujours sa manière de penser directe, il n'y avait rien de mal dans ce que la bête avait en tête.

Le désir, la luxure, la soif de satisfaction.

L'envie de *jouer*. Damon ne se contenterait pas de la chambouler, il la ferait sourire en même temps.

Les contacts qu'ils avaient partagés au cours des deux derniers jours étaient suffisamment rassurants pour qu'elle n'ait pas l'impression d'être sur le point de sauter d'une falaise vers une dangereuse décharge émotionnelle. Elle ignorait comment il le contrôlait, mais la seule chose qu'elle avait jamais ressentie lorsqu'ils s'étaient touchés était du désir, pas de la douleur.

Elle voulait donner en retour.

Addie passa le coin si vite que ses pattes arrière dérapèrent sur le chemin. Il s'était frayé un chemin jusqu'au centre du labyrinthe. Devant elle, un banc bas en béton faisait le tour d'une fontaine qui projetait de l'eau vers le ciel. Les gouttelettes brillaient comme un soleil liquide lorsqu'elles retombaient en éclaboussant le bassin immaculé.

Elle captait tout cela grâce à ses sens de louve. Son côté humain se concentra sur le dieu blond qui se tenait sur le côté, les mains posées sur ses hanches minces tandis qu'il lui souriait.

Pas de retenue, aucun besoin de résister.

Peut-être commettait-elle une énorme erreur, mais elle le découvrirait bien assez tôt. Elle courut droit sur lui, contractant les muscles en accélérant à pleine vitesse. Elle s'accroupit une dernière fois puis bondit, prenant sa forme humaine en plein vol.

~

DAMON BOUGEA INSTINCTIVEMENT pour la rattraper, en se tournant. L'élan plaqua le haut de sa poitrine contre le torse de Damon. Il avait à peine eu le temps de jeter un coup d'œil aux petites courbes parfaites de ses seins, aux minuscules mamelons bruns qui étaient maintenant pressés contre lui.

Il s'était retenu et il avait pris son temps, mais en secret, il avait espéré que cela arriverait. L'avoir nue dans ses bras était la chose la plus parfaite qu'il ait jamais vécue.

— Tu m'as trouvé, la taquina-t-il en l'amenant au bord de la fontaine.

Il s'assit sur le large banc de béton, l'installant sur ses genoux tandis qu'il saisissait son menton entre ses doigts.

— C'est une chasse au trésor. J'attends une récompense, lui dit-elle, et un pur plaisir transparaissait dans sa voix.

Cela pouvait lui suffire. Pour le moment, il prendrait ce qu'elle lui offrirait, maintenant son visage fermement tandis qu'il se penchait pour joindre leurs lèvres. Une vague de sensations envahit Damon, et il prévint son loup qu'il devait rester caché alors que son excitation augmentait.

— Dis-moi. Dès l'instant où tu en auras besoin, dis-le-moi et j'arrêterai.

— Tout va bien. Tout va... oh, oui, c'est tellement bon...

Elle remua contre lui, ondulant sur place de sorte que leurs bustes nus se frottent l'un contre l'autre tandis qu'il s'emparait de ses lèvres.

Damon passa sa main libre derrière elle, écartant largement les doigts sur le bas de son dos pour la maintenir en place. La chaleur du sexe d'Addie se centra solidement sur la hampe en fer forgé derrière son kilt.

Bon sang, qu'il aimait les Écossais !

Il lui suffirait de deux gestes pour se retrouver en elle. Un pour repousser le tissu, et l'autre pour rabattre ses hanches pendant qu'il donnerait un coup de reins. Et il en avait terriblement envie, mais d'abord...

Il la souleva. Il passa les mains autour de ses hanches, et il la souleva en l'air pour la placer debout sur le banc à côté de lui. Elle glissa les doigts dans ses cheveux, un sourire secret plissant ses lèvres.

Damon se tourna sur le banc et lui attrapa les fesses, serrant les doigts dans la surface douce tandis qu'il la tirait plus près de lui pour déposer un baiser sur son nombril.

— Tu t'es très bien débrouillée pour me retrouver. Tu as une louve adorable.

— Merci. Je l'aime bien aussi, dit-elle en le caressant encore. J'aimerais aussi rencontrer ton loup.

Il ne voulait pas être distrait.

— Pour l'instant, j'ai d'autres choses en tête.

C'était la première fois qu'il pouvait toucher ses seins sans rien entre eux. Il avait cru avoir déjà pris du plaisir auparavant, mais la sensation de sa langue contre sa peau douce était sublime. Il la taquina et la goûta, la mordilla avant de refermer ses lèvres autour des pointes serrées et de sucer.

Une extraordinaire variété de sons s'échappa des lèvres de la jeune femme lorsqu'il descendit une main le long de son corps, glissant délicatement un doigt dans ses replis intimes. Une certaine moiteur l'accueillit, et il en apporta jusqu'à son clitoris dont il fit lentement le tour jusqu'à ce qu'elle se tortille.

Soudain, il était la proie et plus le prédateur lorsque Addie tomba à genoux sur l'herbe devant lui.

Elle leva le nez, les yeux étincelants, faisant courir ses mains le long de ses cuisses et sur le kilt jusqu'à ce qu'elle touche ses genoux.

— Tu as vraiment embrassé la tradition écossaise, n'est-ce pas ?

Sous ses doigts, son kilt remonta alors qu'elle dénudait davantage ses jambes, rapprochant le tissu de son aine.

— Es-tu en train de te demander ce que tu vas trouver sous mon kilt ?

— Oh, je sais déjà ce que je vais trouver. Quelque chose de savoureux…

Il tricha carrément. Il ignora le bouton et la boutonnière et tira simplement le tartan sur le côté, le laissant nu à sa merci.

Addie écarquilla les yeux lorsqu'elle glissa la main vers le haut et saisit la base de son sexe.

— Pour *moi* ?

— Rien que pour toi.

Il serra les dents pour s'empêcher de crier de surprise. Il s'était attendu à ce qu'elle aille lentement. Elle était censée le taquiner comme il l'avait fait pendant des jours, mais elle semblait avoir un programme complètement différent. Addie souleva le bout de son membre, le dirigea vers sa bouche et l'engloutit presque entièrement.

Damon se pencha en arrière et agrippa le bord du banc en béton, resserrant les doigts sur la surface solide tandis qu'une chaleur humide l'enveloppait. Sa bouche était un véritable paradis autour de lui, et lorsqu'elle se retira, exerçant une succion diabolique, il vit des étoiles.

Elle était pleine de surprises. Au lieu de bouger sur lui à un rythme régulier, elle enroula son poing autour de la base de son sexe et le masturba fermement tout en se servant de sa bouche et de ses lèvres sur le bout sensible. Elle le caressa avec sa langue avant de tirer en pulsations rythmées. Chaque caresse était un assaut sur ses sens qui ne lui laissait d'autre choix que de se jeter dans le chaudron bouillonnant du désir.

Il parvint à ouvrir un œil pour vérifier qu'elle ne continuait pas en dépit de la douleur.

Mais non. Addie remarqua son regard et lui lança un clin d'œil, augmentant sa vitesse d'un cran jusqu'à ce qu'il soit à deux doigts de perdre le contrôle.

Il tendit la main pour l'écarter, impatient de passer à l'étape suivante.

Addie fit la moue.

— Je n'en avais pas fini.

— J'ai besoin de m'en servir, haleta-t-il, l'allongeant sur la plateforme en béton recouverte de son kilt étalé pour la protéger de la surface dure.

À côté d'eux, la fontaine leur jouait une sérénade, les gouttes qui tombaient frappaient la surface de l'eau comme de minuscules cloches tandis que de petites rafales de vent les couvraient d'une fine brume. Elle lui saisit les épaules et tenta de le tirer au-dessus.

Il secoua la tête.

— C'est mon tour.

Les derniers jours avaient été un hommage à sa créativité, puisqu'il avait trouvé des moyens d'avoir une relation sexuelle sans réellement se toucher, peau contre peau. Il s'était amusé : écouter Addie jouir était addictif. Il avait seulement pu la toucher, mais jamais la goûter, et il était sur le point de corriger cela.

Damon abaissa la tête entre ses cuisses et posa sa bouche sur son sexe, glissant sa langue dans ses replis et la léchant intensément.

Oh, bon sang, *oui*. L'attente en valait la peine.

— Je pourrais rester ici un certain temps, la prévint-il.

Addie rit, et le son se mua en un gémissement de plaisir

lorsqu'il trouva son clitoris et le taquina avec le bout de sa langue.

— Pauvre de moi, ainsi torturée, se plaignit-elle.

Il prit son temps, léchant sa douceur, la caressant trop doucement pour la faire décoller. Il glissa ses doigts en elle, la taquinant jusqu'à ce qu'elle tremble, ses hanches s'agitant au rythme de ses lentes poussées.

Lorsqu'il finit par poser ses lèvres autour de son clitoris et le sucer, elle cria son nom et jouit. Son ventre se resserra autour de lui, un signe annonciateur de ce qui l'attendait.

Damon se dressa au-dessus d'elle avant de changer d'avis, retournant son corps détendu dans ses bras pour l'installer sur ses genoux comme ils avaient commencé. Seulement maintenant, *alléluia*, son kilt avait disparu et son intimité moite était tout contre son sexe.

Addie se souleva et s'abaissa tranquillement, s'agrippant à ses épaules tandis qu'elle lui adressait un sourire satisfait. Damon serra les dents et se retint pendant qu'elle jouait, ses doigts dansant dans les cheveux de sa nuque tandis que la chaleur de son sexe caressait son érection douloureuse. Elle le taquinait. Elle le tourmentait. Elle le mouillait, mais sans plus.

— C'est amusant, murmura-t-elle. J'aime te toucher. Te sentir contre moi. J'ai aimé tes doigts en moi.

— C'est au tour de mon membre, exigea-t-il. Je veux te sentir autour de moi, toute mouillée et en manque.

Il souleva ses hanches et l'aida à se positionner, puis il remonta ses mains pour caresser ses seins tandis qu'il la fixait dans les yeux et la laissait prendre le contrôle.

Elle avait deviné juste sur tant de choses, mais le plus important, c'était que... *Oh, mon Dieu* ! Il était bâti comme un char d'assaut. *Partout.* Addie s'abaissa encore de quelques centimètres, savourant le lent étirement alors que son large membre épais la remplissait un peu plus à chaque mouvement.

Elle était moite, pas seulement à cause de l'orgasme, mais aussi par anticipation. De la pure appréciation envers l'homme beau comme un dieu qui était devant elle. Quand ses fesses atterrirent sur ses genoux, elle se tortilla, frottant son clitoris contre lui, et elle poussa un heureux soupir.

Il lui attrapa le menton.

— Tout va bien ?

Elle vérifia à deux fois, mais pendant tout ce temps, ce n'étaient que ses propres émotions qui envahissaient son organisme.

— Tout va bien. Vraiment.

Il hocha la tête, puis ce regard malicieux brilla dans les yeux de Damon.

— J'espère que tu ne t'imagines pas que tu vas avoir le contrôle tout le temps ?

— Pas vraiment. Mais j'ai le droit de faire ça quand je veux.

Elle contracta ses muscles internes, serrant fort son membre, affichant un sourire satisfait lorsque les yeux de Damon se révulsèrent.

Il réagit au quart de tour avec une impatience diabolique.

— C'est méchant. Refais-le.

Comme pour se venger, il glissa une main entre eux et trouva son clitoris, posant son pouce dessus avant de le pincer fort.

Une décharge de pur plaisir la traversa. Elle serra.

Il frotta plus fort.

Addie pompa sur lui, se servant de lui comme d'une barre de danse. Damon accéléra le rythme, remontant ses hanches jusqu'à ce qu'ils soient tous deux à une fraction de seconde de jouir. Ensuite, ce ne fut plus une fraction de seconde, mais un véritable rugissement.

Elle ferma les yeux et laissa la vague de plaisir la submerger. Un contact intime sans douleur accablante était un cadeau inestimable.

Son intimité pulsait autour de lui, le serrant si fort qu'il haleta à nouveau en même temps qu'il soufflait son nom et perdait le contrôle. Les doigts de sa main gauche s'enfoncèrent durement dans sa hanche, et elle se demanda si elle allait avoir des bleus. Cela ne la dérangeait pas du tout, pas quand des répliques la secouaient encore et encore.

Quelques secondes plus tard...

Ou minutes ?

Elle n'en avait aucune idée. Ils restèrent assis là, enchevêtrés l'un dans l'autre, jusqu'à ce que leur respiration redevienne normale. Il câlina sa joue, et elle lui caressa les épaules, déterminée à rester là où elle était le plus longtemps possible. Leurs corps connectés, la chaleur passant entre eux comme un chauffage érotique...

— C'était amusant, souffla Damon.

— J'ai passé un moment merveilleux, lui avoua-t-elle.

— Et pas de soucis ?

— Aucun.

Elle n'avait pas envie d'analyser pourquoi. La seule chose qu'elle voulait ?

C'était recommencer.

9

Addie tendit les mains en l'air pour s'étirer et relâcher les tensions de son corps.

Aussitôt, Damon fut là, ses mains fermes travaillant les nœuds de son cou et de ses épaules. Ses pouces s'enfonçaient juste ce qu'il fallait pour que son cerveau se transforme en bouillie.

— Tu ne devrais pas me faire ça, se plaignit-elle.

— Faire quoi ?

Ses mains glissèrent le long de ses bras jusqu'à ce qu'elles se posent sur ses hanches. Il se rapprocha, enfouissant son visage contre son cou, inspirant profondément puis léchant sa peau.

Un frisson la parcourut et elle se dégagea, riant en se retournant.

— Tu es un homme distrayant.

— Tu es une femme délicieuse, répliqua Damon. Très bien. Je vais être sage. Pour l'instant.

Après lui avoir adressé un clin d'œil qui lui promettait davantage plus tard, il s'assit à la table à manger et sortit son téléphone pour jouer.

Elle se remit à travailler sur le vaisselier situé dans le coin de la pièce, lui jetant un coup d'œil de temps en temps, un sourire aux lèvres pendant tout ce temps.

Non, ce n'était pas ainsi qu'elle passait habituellement ses journées au travail, mais elle n'allait pas se plaindre. Pas à propos de leur activité parallèle ou de la sensation de sécurité que lui procurait sa présence.

Les garçons Sterling-Wylde continuaient à entrer et à sortir de sa vision périphérique, mais la plupart du temps, ils restaient à l'écart. Il n'y avait plus de judas secrets ; Damon l'avait avertie de cette possibilité et ils s'étaient assurés de les repérer dans chaque nouvelle pièce où elle travaillait. Alastair avait tenté de se montrer gentil quelques fois, mais Damon se tenait prêt comme un guerrier vengeur, prêt à la défendre au moindre faux pas.

Il l'avait pris comme un défi et avait discuté pendant au moins cinq minutes avant de lancer à Damon un dernier regard de défi et de s'éloigner.

Niall s'était fait plus rare. Elle ne savait pas vraiment ce que lui avait dit Damon ce jour-là dans la bibliothèque, mais il semblait l'avoir pris à cœur. Tout au plus l'apercevait-elle, rarement, en train de marcher dans les couloirs, les pans de sa longue cape se balançant comme s'il se hâtait de se rendre à un banquet à Poudlard.

Seule son odeur demeurait souvent dans la pièce quand elle entrait pour commencer à travailler. Elle ne prit pas la peine d'en informer Damon, parce qu'il avait un aussi bon flair qu'elle, mais cela la dérangeait et la rendait d'autant plus reconnaissante de sa présence.

— Dix minutes avant notre pause, lui rappela-t-il.

Ses yeux brillaient de la promesse d'une autre excursion satisfaisante, à faire trembler ses membres.

— Merci, dit-elle brusquement.

Il inclina la tête, l'air interrogateur devant sa réaction inattendue.

— Je me sens en sécurité parce que tu es là. Je veux que tu saches à quel point j'apprécie.

Il resta où il était, faisant basculer sa chaise sur deux pieds, les pieds posés sur le bord de la table antique.

— Je devrais me comporter en gentleman et te dire que ce n'est pas un problème, mais il y a peut-être une facture à régler.

Damon remua les sourcils comme un méchant de bande dessinée, et elle rit.

— Tu as également un formidable sens de l'humour. J'aime ça chez toi, lui répondit-elle.

— Qui a dit que je plaisantais ?

Addie hésita. Il devait plaisanter.

— Tu ne vas pas me facturer des heures de garde du corps.

Il se pencha en avant, les pieds de la chaise retombant avec un bruit sec lorsque ses coudes heurtèrent la table. Il la contemplait avec avidité, comme si elle était le plat principal d'un banquet.

— Tu constateras que ma facture est aussi créative que moi.

— Tout ce qu'il faudra pour que le travail soit fait.

Addie frissonna sous l'intensité de son regard.

— Ne fais pas de promesses en l'air.

Il lui fallut une seconde pour comprendre ce qu'il voulait dire.

Ensuite, elle ne résista pas à l'envie de répondre de la même manière, en taquinant dangereusement son loup préféré.

— Je ne voudrais pas *gâter* mes chances.

Elle souffla les mots avant de gémir comme si elle était au bord de l'orgasme.

Il grogna.

— Remets-toi au travail, ma belle, pour que je ne me sente pas coupable de te ravir plus tard.

Un coup poli fut frappé à la porte, et Alastair apparut, passant la tête dans l'entrebâillement. Il sourit à Addie avant de se crisper dès qu'il se rendit compte que Damon le regardait d'un air mauvais.

— Ah, vous voilà ! dit-il en lui faisant signe de venir avec son doigt. J'ai besoin de vos services, mon bon monsieur. Dans la cour.

Damon se leva lentement, l'air soupçonneux.

— Je suis censé aider Addie.

— Vous êtes censé faire de la manutention lourde, le corrigea Alastair, avec un regard autour de la pièce. Avez-vous besoin d'aide pour quelque chose sous peu ?

Addie aurait pu mentir, mais il n'y avait rien dans cette pièce qu'elle ne pouvait pas gérer toute seule. Elle secoua la tête, adressant un sourire rassurant à Damon.

— Vas-y. Mais j'aurai besoin de toi plus tard, dans la bibliothèque. Si ça te va ?

Damon acquiesça et se tourna vers Alastair.

— Je te rejoins dans un moment, répondit-il, puis il attendit que l'autre homme s'en aille pour venir à ses côtés. Si tu ne veux pas que j'y aille...

— Ne sois pas stupide. Je vais bien. Niall ne va pas revenir. Je pense que tu lui as bien fichu les chocottes la dernière fois qu'il m'a ennuyée.

— Mmmh, ce n'est pas tout à fait vrai, mais je pense que je pourrais bien le faire dans le futur au besoin.

Elle lui serra le bras.

— J'attends avec impatience notre pause café de cet

après-midi, quelle que soit l'heure à laquelle tu décideras de *pénétrer* dans la pièce.

Son sous-entendu flotta dans l'air entre eux.

— D'ici là, tu devrais retirer ta culotte, grogna-t-il.

Oh, doux Jésus. Son cœur manqua un battement, et ladite culotte devint instantanément moite.

— Et bah, dis donc. Est-ce que les ladies font de telles choses ?

— Ce qui est bon pour l'une...

Un grondement bas s'échappa de sa poitrine, et il se pencha pour l'embrasser. C'était un geste ferme et possessif qui fit vaciller ses sens avant qu'il ne quitte la pièce, lançant un regard arrogant par-dessus son épaule avec un clin d'œil en guise d'adieu.

Addie termina son travail dans la salle à manger bien plus tôt que prévu. Elle se rendit au premier étage, s'arrêtant pour regarder par la fenêtre. Damon travaillait avec un groupe d'hommes du coin, déplaçant des chariots anciens dans la cour. La zone était en plein soleil, et il s'était déshabillé jusqu'au kilt bleu autour de ses hanches. Les muscles fermes de sa poitrine et du haut de son corps se tendirent lorsqu'il posa ses mains sur l'un des vieux chariots et le poussa. Il traversa la cour, deux autres hommes le dirigeant à l'avant. *Doux Jésus.* Il était costaud comme un cheval de trait, et tous ces muscles étaient à elle chaque fois qu'il concentrait son attention sur elle.

Et... elle était en train de baver.

Addie s'essuya la bouche et se dirigea vers sa prochaine zone de travail. Elle avait répertorié les sections de la bibliothèque les unes après les autres. C'était la plus grande pièce de toute la maison, celle qui nécessitait le plus de travail, et même si Damon la taquinait à propos de son travail méthodique, elle avait découvert par le passé qu'il était préférable de diviser les tâches les plus complexes.

Elle avança jusqu'au milieu de la pièce, s'arrêtant pour admirer son environnement. C'était une autre raison pour laquelle elle aimait son travail. Cataloguer l'histoire était une chose, mais les livres étaient une aventure en soi. Et les vieilles bibliothèques réunissaient le meilleur des deux mondes : la beauté et l'histoire entremêlées.

Les rayonnages ici étaient hauts de deux étages, et on accédait au deuxième niveau par un escalier en spirale dans le coin de la pièce. Les étagères du bas étaient accessibles par des échelles coulissantes, dont les bords supérieurs courbés étaient fixés à une rampe métallique lisse suivant le périmètre de la pièce.

Elle jeta un coup d'œil appréciateur autour d'elle, puis se dirigea vers l'endroit où elle s'était arrêtée la semaine précédente, sauf que... zut.

— Aaaargh ! s'écria-t-elle dans le silence de la bibliothèque. Mon iPad...

Comme elle l'avait expliqué à Damon quelques jours plus tôt, le fait d'avoir une mémoire eidétique ne signifiait pas qu'elle ne faisait jamais de gaffes stupides. Elle retourna vers la porte, avec l'intention de prendre son iPad dans la salle de bains où elle se souvenait parfaitement l'avoir laissé à côté du lavabo.

La poignée tourna, mais la porte resta obstinément fermée. Tirer plus fort n'y changea rien, et après avoir essayé une douzaine de choses différentes, y compris de s'y jeter de tout son poids, elle abandonna.

De vieilles portes stupides, dans de vieux bâtiments stupides. Au moins, elle avait dit à Damon où elle se trouverait. Donc une fois qu'il aurait terminé, il viendrait la chercher.

Addie retourna à la fenêtre et jeta un coup d'œil dehors. Il était toujours là, et elle l'observa pendant un moment, le lorgnant tranquillement avant de se remettre à la tâche. Elle n'aurait qu'à prendre des notes sur papier et les transférer dans ses fichiers plus tard.

Elle commença par le bas, avec un ensemble de matériel de référence pour le jardinage. Elle se laissa absorber par sa tâche pendant une heure. Elle repoussa l'échelle sur le côté pour mieux accéder à la collection, mais celle-ci s'accrocha à quelque chose, et elle leva le regard, surprise.

Une série de livres dans la rangée supérieure semblait curieusement déplacée. La plupart des couvertures anciennes étaient regroupées, mais là, un groupe avait des reliures dorées au lieu de brunes, et l'une d'entre elles dépassait suffisamment pour se trouver sur son chemin.

Addie avait un pied sur le deuxième barreau quand la porte s'ouvrit en grinçant dans son dos. Elle se retourna et cria, paniquée :

— Ne la referme pas !

Le cri d'inquiétude d'Addie le prit au dépourvu. Il n'avait rien senti, et l'espace d'un instant, une peur absolue l'envahit, et son loup remonta à la surface pour la première fois depuis des jours. Damon repoussa la bête aussi vite qu'elle était arrivée.

— Qu'est-ce qui ne va pas ?

— La porte s'est verrouillée derrière moi. Vérifie-la avant de la refermer, sinon on va se retrouver enfermés ici toute la nuit.

Le rythme cardiaque de Damon s'apaisa, signe de soulagement. La porte… ça n'avait rien d'effrayant. Il l'examina attentivement, faisant fonctionner les cylindres à plusieurs reprises avant de s'enfermer à l'extérieur, puis à l'intérieur.

— Je ne suis pas sûr de ce que j'ai fait, mais le problème est résolu.

Addie lui offrit un sourire qui enflamma tout son corps.

— Mon héros.

Alléluia. Exactement ce qu'il voulait entendre. Après avoir passé quelques heures à effectuer un travail physique difficile, il était prêt pour un autre type d'exercice.

Au début, Alastair l'avait agacé, mais la tâche s'était avérée réelle, et il était facile de travailler avec Glenn et les autres hommes du manoir. Au final, Damon estimait que son temps avait été bien employé, à plaisanter et à apprendre à connaître les habitants du coin, des individus solides, tous autant qu'ils étaient.

Le fait qu'Alastair soit resté, sans doute dans l'intention de se moquer de lui parce qu'il n'était qu'un simple ouvrier, ne dérangeait pas du tout Damon. Cela signifiait qu'il n'ennuyait pas Addie. Et Niall était lui aussi demeuré en vue, examinant les chariots à mesure qu'ils les déplaçaient, comme s'il craignait de voir apparaître par miracle un autre testament à tout moment.

Oui, du moment qu'Addie était en sécurité, Damon se fichait de savoir combien de fois il serait accroché à une charrette et utilisé comme un vieux cheval.

Mais là, tout de suite ? Il avait autre chose en tête, et elle aussi, à en juger par son expression et sa manière de se déplacer coquettement sur la pointe des pieds dans la pièce.

Elle verrouilla la porte de l'intérieur.

Oh, bon sang, *oui.*

— Ton sauveteur requiert ton attention, la prévint-il.

Elle serra les mains comme une jeune fille d'autrefois face à un méchant.

— Oh, doux Jésus ! Ma vertu serait-elle en danger ?

Damon se rapprocha d'elle, la pression dans ses tripes grandissant à mesure qu'ils passaient du temps ensemble. Elle était exactement ce qu'il recherchait chez une compagne de jeu, exactement ce qu'il aimait chez une amante. Avide et déterminée. Et plus explosive qu'un feu d'artifice au 14 juillet.

— Les femmes vertueuses... Tu sais ce que je fais à ces femmes ?

Elle était revenue à son point de départ, se hissant sur les premiers barreaux de l'échelle pour le regarder. La joie dansait dans ses yeux lorsqu'il saisit les deux côtés de l'échelle, ses mains emprisonnant fermement ses hanches.

— Tu leur fais des choses crapuleuses ? Je l'espère.

— Je leur fais des trucs sacrément cochons. Des trucs sacrément cochons, vicieux et *merveilleux*, lui dit-il, attrapant sa jupe pour la remonter à sa taille d'un seul coup. Mmmh. Je t'avais dit pas de culotte, mon cœur.

Il leva les yeux, ses grands yeux le plongeant dans le désir tandis que les mouchetures couleur whisky doré étincelaient.

— J'ai dû oublier.

Damon rit.

— Tu n'oublies jamais rien, lui rappela-t-il.

— Pas vrai. Je n'oublie jamais rien très longtemps, mais j'oublie des choses.

Les derniers mots lui échappèrent dans un souffle tandis qu'il caressait l'intérieur de sa cuisse avec ses doigts. Il détourna son regard de son visage et observa ses mains tandis qu'il glissait un doigt sous le bord de sa culotte rose pâle et la faisait descendre le long de sa jambe.

— Accroche-toi bien à l'échelle, lui ordonna-t-il. Ne la lâche pas.

Il vérifia que son pied droit était bien accroché à l'échelon, puis il attrapa sa jambe gauche, faisant reposer son genou sur son épaule. La position la laissait grande ouverte à lui, l'odeur de son désir grandissait, et il fut prêt en un instant.

— Je vais te sauter avec ma langue, lui dit-il joyeusement, comme s'il venait juste de commander un café dans son établissement préféré. Et quand tu auras joui plusieurs fois, je te sauterai avec mes doigts.

Il se pencha en avant et déposa un baiser sur son monticule. Addie gémit, mais garda les mains là où il le lui avait dit, ce qui était une bonne chose, car il ne voulait pas s'inquiéter qu'elle tombe. Bon sang, si elle tombait, ce serait sur lui, mais il voulait qu'elle se concentre sur le plaisir qu'il était sur le poing de lui procurer.

Ensuite, il n'eut plus la force d'attendre plus longtemps. Il s'avança et lécha de haut en bas avec avidité, comme s'il n'avait pas bu depuis des jours. Il lécha et suça, enroulant ses lèvres autour de son clitoris et imprimant des battements rythmiques jusqu'à ce qu'elle se balance contre lui, faisant écho à chacun de ses mouvements. Il redoubla d'efforts, donnant des coups de langue jusqu'à ce qu'elle tremble. C'était un orgasme léger cette fois, ce qui était bien, car ce n'était qu'un échauffement.

Il se retira, la bouche humide d'elle. Il leva une main et passa les doigts sur ses lèvres.

— Ouvre-toi pour moi, jolie louve. Mouille mes doigts. Mouille les bien, pour que je puisse te sauter avec. Je vais te faire crier, et après ça on verra avec quoi d'autre je peux te rendre dingue.

Ses yeux s'écarquillèrent, sa bouche s'ouvrit de surprise

à ses mots crus, et il en profita au maximum, glissant ses doigts sur sa langue. Il les fit glisser lentement jusqu'à ce qu'ils soient trempés.

— Est-ce que c'était trop cochon pour toi, ma princesse écossaise ?

Elle avait les yeux toujours écarquillés, mais elle secoua la tête alors qu'il enfonçait ses doigts dans sa bouche, les préparant à ce qu'il allait faire ensuite.

— Mmmh. Je ne suis pas un héros, je suis un de tes voisins de clan, venu pour ravager mon ennemi. Et tu es mon butin, ma récompense, et je vais te choyer, et tu seras à moi, pour toujours.

Il retira ses doigts de sa bouche avec un « pop », s'attendant à ce qu'elle rie, ou qu'elle lui dise de continuer leurs ébats.

À la place, elle battit des cils.

— S'il vous plaît, Seigneur Loup. J'accepte vos règles. Mon mari était un despote, et vous m'avez fait une faveur en lui ôtant son existence infâme. Prenez votre récompense.

Elle se lécha les lèvres en regardant fixement vers le bas. Subitement, la pièce devint bien trop chaude.

C'était une bonne chose qu'il ne porte qu'une vieille chemise en lin et le kilt bleu autour des hanches. En dépit de la jambe d'Addie sur lui, ladite chemise disparut en un éclair, et le tissu déchiré voleta jusqu'au sol. Le kilt suivit, et un autre bruit de déchirure fendit l'air. Seulement quelques secondes plus tard, il se tenait nu dans ses bottes devant elle.

Elle baissa les yeux, et le soupçon d'amusement qu'il s'attendait à y trouver traversa ses yeux.

Merde. Il comprit où elle voulait en venir à peine une seconde avant qu'elle ne le dise.

— Si tu m'appelles le Chat Botté, je te jure que je te fesse le derrière.

Addie cligna des yeux, tout en douceur et innocence.

— Ferais-je une chose pareille, my Lord ?

— Sans hésiter, répliqua Damon.

Il la souleva de l'échelle pour la déposer sur la surface plane la plus proche, qui s'avéra être un grand bureau en chêne. Une liasse de papier vierge et une agrafeuse lui barraient la route, et il les écarta sans ménagement. L'agrafeuse heurta le sol en premier et les papiers volèrent ensuite, mais il se concentra sur le retrait des vêtements de la jeune femme. Elle était aussi impatiente que lui, retirant son haut tandis qu'il détachait habilement son soutien-gorge et le jetait derrière eux. Quelques secondes plus tard, elle était également nue.

Bon sang, elle était nue, et elle était magnifique, et c'était une bonne chose qu'ils aient déjà eu des préliminaires, car ils allaient décoller maintenant. Il saisit ses hanches, la fit glisser jusqu'au bord de la table, aligna son sexe et s'enfouit profondément.

— *Damon !*

Son cri résonna dans les hauts plafonds, et il se figea.

Elle souriait toujours.

Sa bouche était ouverte, un voile de luxure passant dans ses yeux aux reflets dorés.

— Seigneur Loup. Faites ce que vous voulez de moi, le supplia-t-elle.

Damon perdit la tête. Il s'agrippa à ses hanches, s'enfonça en elle, encore et encore, appuyant une main sur la table tandis qu'il pilonnait son corps consentant. Il portait encore ses bottes en cuir noir, mais en dehors de cela, ils étaient tous deux nus comme au jour de leur naissance. De puissants grognements et cris d'extase s'échappaient de leurs lèvres.

Addie l'accueillit. Elle l'acceptait, bon sang, elle l'incitait à aller de l'avant et elle lui griffait le dos tandis qu'il se penchait sur elle.

C'était l'homme. Ce n'était pas son côté loup. Cette bête restait cachée, et même si Damon ne comprenait pas, car son loup appréciait le sexe comme n'importe quel animal, il n'allait pas partir à la recherche de la créature. Pour le moment, il était concentré sur la femme qui se trouvait dans ses bras, consentante et avide, et bien trop fascinante. Il se retira et s'immobilisa, son membre dirigé vers l'entrée de son corps. Tous deux haletaient, et la poitrine d'Addie tremblait à chaque respiration.

Elle se lécha les lèvres.

— N'arrête pas. Fais-moi chanter.

Il avait bien l'intention de le faire, mais d'abord…

Damon la retourna, faisant reposer sa poitrine sur la table tandis qu'il se penchait sur elle et déposait un baiser sur sa nuque.

— Est-ce que c'est d'accord ? murmura-t-il.

En guise de réponse, elle étira les mains au-dessus d'elle sur la table, se plaçant sous son contrôle total.

— Ooh, allez-vous me punir, my Lord ? le taquina-t-elle.

Le sang de Damon quitta sa tête pour se diriger vers son membre déjà incroyablement dur tandis qu'elle l'encourageait de la manière la plus perverse qui soit. Il déposa des baisers sur sa colonne vertébrale jusqu'à ce que ses lèvres arrivent au bas de son dos, là où débutait le doux renflement de ses fesses.

— Tu t'es montrée désobéissante, mais je vais t'apprendre à bien te comporter.

Il frotta une main sur ses fesses avant de l'abattre avec

un claquement sec. Sa peau crémeuse se réchauffa contre sa paume, et le petit halètement qui s'échappa de ses lèvres trahissait uniquement du plaisir.

Il n'allait pas pouvoir durer longtemps, mais il veillerait à ce qu'ils s'amusent.

— Tu t'es montrée désobéissante, n'est-ce pas ? répéta-t-il.

— Oui, Seigneur Loup.

— Je vais te prendre si fort que tu sauras à qui tu appartiens maintenant.

— Oui, Seigneur Loup.

Elle était à bout de souffle. Excitée.

Il frappa à nouveau, de sa main gauche cette fois. Un claquement sec et retentissant resta suspendu dans l'air, juste avant qu'un gémissement ne s'échappe des lèvres d'Addie.

Il la fessa quelques fois de plus, mais c'était un jeu, et quand elle se tortilla en arrière, taquinant l'érection fermement placée entre ses jambes, il comprit et se glissa en elle.

Tous deux soupirèrent joyeusement.

Addie le regarda du coin de l'œil avec un doux sourire.

— Achevez de prendre d'assaut le château.

Il bascula en avant, d'abord lentement, puis il augmenta la vitesse. Il repoussa l'une de ses jambes vers la table, l'écartant largement, son membre s'enfonçant plus profondément, et un son de contentement lui échappa.

Lui, et les suivants, se mirent à rythmer leurs ébats. *Gémissement*, retrait, pénétration, *soupir*, retrait, pénétration, cri de plaisir.

Elle se brisa, toute tremblante, et il ne lui fallait rien de plus. Damon perdit le contrôle et jouit, se libérant de son corps pour se répandre sur les globes de ses fesses. Il se caressa jusqu'à la dernière goutte, le jet avide volant dans son dos jusqu'à ce que des rubans blancs marquent sa peau brune.

Il retomba en avant, se rattrapant juste à temps, claquant les mains sur le plateau dur du bureau, et son souffle s'emballa alors que la brume envahissait son cerveau. Elle resta immobile, haletant aussi fort que lui, les doigts de sa main droite s'emmêlant dans les siens alors qu'ils essayaient de récupérer.

— J'ai été parfaitement corrompue, déclara finalement Addie. Oh, malheur à moi.

Damon ne put résister. Il appuya la paume sur sa peau et fit pénétrer lentement sa semence.

— Je te marque comme l'animal que je suis, grogna-t-il, savourant le frisson qui parcourut sa peau. Je suis responsable de tous les objets de valeur ici, et vous, ma dame, êtes ce que je revendique comme ma récompense.

Il la tira de la table et la prit dans ses bras, les abaissant sur le fauteuil le plus proche, car ses jambes n'étaient vraiment pas assez fortes pour les tenir tous les deux.

Elle baissa les yeux et sourit quand elle se rendit compte qu'il ne portait toujours que ses bottes.

— Tu sais, au lieu de Seigneur Loup, on devrait peut-être t'appeler...

Damon plaqua ses lèvres contre celles d'Addie pour l'empêcher de le dire, capturant son rire avec sa bouche, souriant. La journée avait été belle, pillage compris.

Cette excursion en Écosse ne le dérangeait pas. Absolument pas.

10

———

Addie lutta pour respirer.

Une peur folle et désespérée la saisit, et elle se tortilla, piégée par des membres forts et musclés qui semblaient déterminés à la clouer au lit.

Elle savait que c'était un cauchemar, et que les émotions n'étaient pas les siennes. Que les images qui se bousculaient dans son cerveau avaient beau être effrayantes et glaçantes, elles ne pouvaient pas vraiment la blesser. Qu'elles n'étaient pas *réelles*.

Mais le savoir ne l'aidait pas à se sentir mieux, alors qu'elle était blottie dans les bras de Damon. Quelle que soit la barrière étrange qui les séparait, celle qui lui avait permis de le toucher sans être submergée par l'émotion, elle était en train de s'effondrer.

Ce n'était pas une variation d'émotion brute qui la submergeait comme celle que lui avait communiquée Niall l'autre semaine. Plutôt un lent ruissellement, des souvenirs qui s'accumulaient les uns sur les autres, des images qui s'entrechoquaient et de forts sentiments de culpabilité et de tristesse. Une perte ignoble, écrasante.

Tout cela venait de Damon, et elle roula pour lui faire face, terrifiée à l'idée que la situation puisse empirer. Encore plus terrifiée à l'idée de ne pas pouvoir l'aider. Elle se détourna alors qu'un souvenir la frappait aussi fort qu'un coup physique.

L'intensité des images ne cessa de croître, avec notamment des flashs d'hommes portant des masques de ski, et une soif de sang croissante. C'étaient ses émotions à lui, pas celles d'Addie.

Le bras de Damon reposait lourdement sur son corps, leurs jambes étaient entremêlées, et elle réprima un gémissement en se dégageant. Après ce jour-là dans le jardin, ils avaient pris l'habitude de dormir ensemble sous leur forme humaine. C'était tellement bon d'avoir un contact constant sans avoir à se soucier des conséquences. Mais apparemment, ils avaient eu tort.

Elle était déterminée à ne pas le réveiller, car elle ne voulait pas avoir à expliquer pourquoi elle se sentait presque nauséeuse. Il penserait que c'était sa faute, qu'il l'avait effrayée. Elle savait que c'était ce qu'il croirait, et c'était la dernière chose qu'elle voulait.

Addie s'échappa du lit, submergée par son propre mélange de soulagement et de culpabilité.

Damon tressaillit dans son sommeil, le visage grimaçant, comme s'il souffrait.

C'était le hic. Elle savait *exactement* ce qu'il ressentait, la cause, et la douleur. Il revivait cette nuit dont il lui avait parlé, celle où il avait perdu Caitlin. Et si elle avait été courageuse, elle l'aurait pris dans ses bras et aurait fait disparaître sa douleur, mais elle avait tellement peur...

Tiraillée par son indécision, Addie hésita. Pourtant, après un cri déchirant, elle ne parvint plus à le supporter. Peu importait le prix à payer, elle devait l'aider.

Addie revint sur le lit, inspira profondément, et posa la main sur la poitrine de Damon.

Les ténèbres et la douleur l'envahirent. *Sa douleur à lui. Sa perte à lui.*

Elle serra les dents. Elle pouvait la lui enlever. Un petit effort, et les souvenirs s'effaceraient, et sa détresse diminuerait. Mais c'était extrêmement invasif de le faire sans qu'il lui en donne la permission.

Mais elle ne pouvait pas supporter de le laisser souffrir, alors elle fit la seule autre chose possible.

Elle prit tout pour elle.

La douleur ne stagnait plus à la surface de son esprit comme la chaleur d'un feu distant contre sa peau. À la place, une série de poignards chauffés à blanc la frappèrent profondément. Un soulagement temporaire pour lui impliquait une souffrance temporaire pour elle. Elle passa du stade où elle partageait la douleur de Damon à celui où elle la portait seule, et le poids menaçait de la faire s'évanouir...

... et son loup arriva. Cette bête secrète dont elle n'avait eu que de légers aperçus la semaine passée.

Mienne.

Mien.

Cette annonce simultanée venait de sa louve *et* du loup de Damon. Alors qu'elle luttait pour comprendre, l'animal en Damon lui offrait sa puissance, sa force et son soutien. Et dans sa tête, elle resta bouche bée.

Damon était son *compagnon* ?

C'était un choc énorme, mais elle n'avait pas le temps de s'interroger. Même si la bête voulait aider, ce moment reposait sur elle et il n'y avait pas de retour en arrière possible.

Elle parcourut l'esprit de Damon, en retirant toute la

souffrance qu'elle y trouvait. Addie s'efforça de rester sous la douleur cuisante, encaissant la punition à sa place.

Pendant tout ce temps, le loup du jeune homme hurlait et rugissait dans ses oreilles, lui ordonnant d'arrêter. Exigeant qu'elle réveille le côté humain de Damon pour qu'ils gèrent ça ensemble.

Tu peux toujours rêver. Il avait beau être un alpha, elle gérait le chaos émotionnel depuis longtemps, et même si le fait de savoir que Damon était son compagnon était génial, étonnant et *incroyable*, elle était assez puissante pour combattre les ordres de son loup et finir ce qu'elle avait commencé.

Cela aurait dû la dévaster. Cela aurait dû lui pomper toute son énergie et lui laisser la tête douloureuse et l'âme déchirée. Mais d'une manière ou d'une autre, même alors qu'elle retirait la douleur de Damon, les autres parties d'eux aidaient à porter le fardeau. Leurs côtés loups apaisaient aussi la douleur.

Elle n'avait jamais rien vécu de tel et la joie l'envahit.

Damon et leurs loups la rendaient plus forte.

Puis la douce et tendre caresse de sa louve se déplaça pour se frotter à l'autre côté de Damon. Elle calmait sa bête, le distrayant jusqu'à ce que l'homme devant elle cesse de trembler. Jusqu'à ce que le côté animal prenne une profonde inspiration et cède également à la suggestion de dormir.

Ce ne fut que lorsque le visage de Damon se détendit et qu'elle fut sûre que lui et son loup se reposaient tranquillement qu'Addie retira sa main pour le regarder, émerveillée. Pour une raison qu'elle ignorait, la barrière entre eux avait disparu, et ils étaient *compagnons*.

Son cœur battait encore la chamade, et elle aurait dû se sentir épuisée par ce qu'elle venait de faire. Mais *alléluia,* elle et Damon étaient compagnons et elle aurait pu courir un marathon, tant elle avait d'énergie.

Mais même si elle avait envie de bondir sur le lit et de crier très fort pour s'assurer qu'il le sache aussi, elle ne supportait pas de le réveiller. Pas alors qu'il était enfin détendu, et qu'un léger sourire se dessinait sur ses lèvres. Son compagnon avait besoin de dormir.

Son compagnon. Le prodige de tout cela l'émerveillait.

Elle enfila des vêtements, quittant la pièce avant d'être tentée de changer d'avis. Il serait bien temps au matin de discuter de leur incroyable, quoique délirant, changement de situation. En attendant, comme elle était réveillée, autant faire quelque chose de productif.

Addie descendit les escaliers en dansant et parcourut le couloir, jetant instinctivement des coups d'œil pour s'assurer que personne d'autre n'était réveillé. Elle retourna à la bibliothèque, ses pensées encore confuses du milieu de la nuit dérivant tandis qu'elle traversait de longs couloirs vides.

Elle posa une pile de livres dans l'embrasure de la porte pour s'assurer qu'il n'y aurait pas d'autres incidents d'enfermement accidentel.

Mais au lieu de se mettre directement au travail, elle flâna. L'émerveillement et la fascination la détournaient de ses tâches.

Il était inutile d'essayer de comprendre pourquoi ils ne s'étaient pas reconnus tout de suite en tant que compagnons. Elle devrait attendre le matin pour avoir cette réponse.

À la place, elle se laissa happer par son anticipation. Pas au sujet de l'ici et maintenant, mais pour le futur. Cela expliquait tant de choses qu'ils soient compagnons. L'attirance qu'elle avait ressentie pour lui, cette envie folle de le toucher. Et après avoir pu être avec Damon, jouer avec lui et savourer sa compagnie, elle était tellement reconnaissante de ne pas avoir à l'abandonner.

Elle était tombée amoureuse de lui, et dans le grand schéma des loups, des compagnons et de tout le reste, c'était comme la cerise sur un énorme gâteau dont elle allait se gaver pour le reste de leur vie.

C'était un homme bon. Elle aimait son sens de l'humour et sa manière de prendre soin d'elle. Sa façon de la regarder chaque fois qu'ils étaient ensemble, la concentration intense de ses yeux bleus qui lui donnaient l'impression d'être la chose la plus importante dans son monde.

Ensemble, ils pourraient trouver un moyen de gérer ses manières de louve étrange, elle en était certaine.

Son regard dériva pendant qu'elle réfléchissait, se posant sur une rangée de journaux en cuir doré alignés en haut de la bibliothèque du premier niveau.

Quelque chose la démangeait à la base de sa colonne vertébrale, comme un souvenir qui voulait se libérer. Une seconde plus tard, il la submergea : c'étaient ces étranges journaux qu'elle avait vus partout. Elle avait supposé que les livres éparpillés faisaient partie d'un ensemble, et maintenant qu'elle voyait les autres, elle en était certaine. La couleur de la tranche, la couverture en cuir distinctive...

Mais il n'y avait pas assez de place sur l'étagère pour contenir le nombre de livres dispersés dans tout le manoir.

Espèce d'idiote !

Ce n'était pas une demi-douzaine de journaux en cuir égarés qu'elle avait vus : c'était le *même* journal qui était apparu un peu partout, bien qu'elle n'ait aucune idée de la façon dont le livre avait pu passer d'un endroit à l'autre, et pourquoi.

Peut-être que le reste de la série lui donnerait un indice.

Addie se précipita vers l'étagère, souriant en se souvenant de ses aventures précédentes avec Damon sur l'échelle alors qu'elle la faisait glisser en position et grimpait. La rangée de tomes à la couverture dorée trônait royalement. Tous étaient là, sauf un, l'étroit espace où il aurait dû se trouver la narguant.

Elle était en train d'attraper l'un des livres restants pour l'examiner lorsque quelque chose s'écrasa contre le mur extérieur du manoir.

Elle glissa au bas de l'échelle, le cœur battant à tout rompre, et elle se dirigea vers la fenêtre, surprise de la trouver ouverte. Elle passa la tête dehors à temps pour voir une ombre disparaître au coin de la section angulaire du toit.

Doux Jésus, elle avait eu raison à propos des choses bizarres qui se passaient ici. Addie se hissa sur le rebord de la fenêtre et sortit sur le toit large et relativement plat derrière elle. Elle n'avait pas l'intention de se laisser dépasser : elle s'était promis de rester en retrait et hors de danger. Mais quelqu'un avait été présent dans la pièce, et après toutes ces fois où elle avait l'impression d'être observée, elle voulait savoir de qui il s'agissait.

En plus, elle était une foutue louve métamorphe. Ses poils de loup se hérissèrent, et ses dents étaient à deux doigts de surgir. Si quelqu'un avait l'intention de la chercher, il aurait affaire à elle.

Sur le toit, elle s'avança jusqu'à pouvoir passer la tête par-dessus le bord pour jeter un coup d'œil au balcon en dessous d'elle. Une grande silhouette vêtue d'une robe était accrochée à la balustrade, regardant vers le bas en direction de la cour. Le vent s'engouffra dans sa capuche qui tomba, révélant des cheveux blonds. Elle pinça les lèvres, réprimant sa colère, se demandant ce que mijotait Niall.

Le vent tourna, et elle sentit une nouvelle odeur. Familière, et complètement déplacée. Addie se détourna de Niall et suivit la piste.

DAMON SE RÉVEILLA, totalement désorienté par le sentiment d'urgence qui le tenaillait. Le lit était doux et confortable, et il s'étira lentement pour ne pas déranger Addie.

Mais elle était partie, et l'espace vide à côté de lui était froid sous sa main. Un rapide examen de la chambre lui confirma qu'elle n'était nulle part en vue.

À l'intérieur, son loup ne se cachait plus dans son donjon, ou quel que soit l'endroit où il s'était caché au cours de la semaine passée. La bête était juste là, tirant sur ses chaînes, à vouloir sortir. Il voulait protéger et il avait besoin de chercher et trouver leur...

Compagne.

Bordel de merde.

Damon stoppa net à l'extérieur de la chambre de la tour, choqué par ce que son loup était en train de lui hurler, se demandant comment il avait bien pu ne pas s'en rendre compte avant ce moment.

Se demandant comment cela pouvait être vrai.

Il descendit les escaliers à toute vitesse, sautant la dernière section et atterrissant en position accroupie, à la limite entre l'humain et l'animal. Quelque chose n'allait pas, Addie avait des problèmes.

Il ignorait comment il le savait, mais il le savait. Et l'idée qu'il l'avait laissée tomber lui donna une nausée fulgurante, comme un feu d'artifice, avant qu'il ne soit consumé par une colère féroce.

Il aurait dû la protéger. Il aurait *pu* la protéger si son maudit loup ne s'était pas caché. S'il n'avait pas gardé de foutus secrets.

Damon atteignit le niveau principal, suivant son odeur vers l'escalier suivant quand il aperçut un corps à fourrure devant lui.

Il s'élança après la bête, rattrapant le chat surdimensionné par la queue. L'animal cria et se transforma en un Alastair très agité.

Bon sang, c'était donc ça, un tigre des Highlands ? Un chaton amélioré ?

— Où est Addie ? lui demanda Damon, dont les griffes jaillirent alors qu'il enroulait une main autour de la gorge d'Alastair.

Les yeux de son ennemi s'écarquillèrent.

— Je ne l'ai pas vue, je le jure ! couina-t-il, les mains agrippées aux doigts de Damon, s'efforçant de desserrer son emprise.

— Qu'est-ce que vous faites à rôder au milieu de la nuit ?

— Je suivais mon frère. Il mijote quelque chose... de pas clair. Il est toujours prêt à faire n'importe quoi. Je ne peux pas..., dit Alastair avec une légère tape sur la poigne dure comme fer de Damon... respirer.

Damon s'obligea à lâcher prise, se rapprochant pour toiser l'autre homme qui rapetissait sous ses yeux de toute sa hauteur.

— Si l'un de vous deux a fait quoi que ce soit pour la blesser, je vous réduirai en miettes.

Sa voix se fit plus lente et plus profonde, jusqu'à ce que les mots deviennent une promesse sanglante.

Alastair secoua la tête, battant en retraite aussi vite que possible.

— Elle est montée tout à l'heure, mais je jure que je ne me suis pas approché d'elle. S'il vous plaît, ne me faites pas de mal.

Damon céda à sa bête, se transformant pour que ses sens soient aussi aiguisés que possible. Il abaissa le nez et suivit son odeur vers la bibliothèque, où il trouva la porte ouverte et son iPad abandonné sur la table.

La piste menait à la fenêtre, et il reprit forme humaine pour pouvoir grimper sur le toit.

— Mon cœur, mais qu'est-ce que tu fais, bon sang ? murmura-t-il, le goût amer de la peur sur la langue.

Il fit le tour du toit et trouva l'odeur de Niall ; le bruit qui sortit de sa gorge était la marque de son loup. Un cri d'animal alors que la bête se souvenait de trop de douleurs, trop de pertes.

Pas encore, rassura-t-il son loup. Ils n'allaient pas la perdre.

La bête avait soif de sang, mais la vengeance n'était pas le principal. Damon donna une claque à son loup pour le soumettre, et au lieu de suivre la piste de Niall, il prit la direction inverse. Il chercha jusqu'à retrouver la subtile odeur d'Addie à l'endroit où elle avait tourné pour descendre sur un autre toit et passer par-dessus le petit parapet d'un balcon. Il se déplaça rapidement, pénétrant dans une pièce où commençait un autre des passages cachés qu'il avait trouvés.

Addie n'avait pas été seule. Alors qu'il se dépêchait de descendre les escaliers étroits jusqu'au rez-de-chaussée, s'engouffrant dans l'air frais du matin, il mémorisa l'autre odeur. Quand tout serait terminé et qu'il l'aurait ramenée saine et sauve, il traquerait ses ennemis et leur accorderait la mort qu'ils méritaient pour s'être approchés de sa compagne.

Le loup qu'était Damon courut après elle alors que l'aube illuminait le ciel de l'est. Ses pattes martelaient la terre à un rythme rapide, et pendant tout ce temps, les mots les plus impossibles se répétaient dans sa tête.

Compagne. Compagne. Mienne.

Il n'avait pas l'intention de se disputer avec la bête. Une fois qu'il sut dans quelle direction ils se dirigeaient, il laissa l'animal prendre le contrôle, les poussant en avant à la recherche de leur but. Damon franchit à toute vitesse le portail situé à l'extrémité du domaine, l'odeur s'intensifiant à mesure qu'il se rapprochait du petit groupe de cottages des métayers. Il se déplaça dans l'ombre, s'esquivant derrière des buissons de roses jusqu'à ce qu'il atteigne la porte du cottage où il était déjà entré.

Alors même qu'il se changeait en humain, il étouffa le grognement dans sa gorge. Sa cible se trouvait quelque part de l'autre côté. Il entendit la voix de Glenn, attendant juste assez longtemps pour être sûr qu'Addie était là aussi avant de donner un coup de pied dans la porte, bondissant dans la pièce comme un démon vengeur de l'enfer.

Ils pivotèrent pour lui faire face. Glenn se leva d'un bond et plaça un bras protecteur devant sa grand-mère. Damon s'avança avec des envies de meurtre.

Puis Addie fut là, se postant entre lui et les autres, ses yeux couleur whisky le tentant de se concentrer sur elle seule.

— Damon. Arrête.

Elle posa une main sur sa poitrine, et il la prit dans sa poigne, entourant soigneusement son poignet tandis qu'il la fixait. Un sentiment de possessivité coulait dans ses veines.

Elle cligna rapidement des yeux, mais resta sur ses positions alors qu'il forçait les mots à franchir ses cordes vocales qui ne semblaient pas trop humaines.

— Tu es blessée ?

— Non.

Sa réponse instantanée le rassura, tout comme le toucher tendre de ses doigts lorsqu'elle caressa sa joue. Mais le corps d'Addie trembla, et l'espace d'une seconde horrible, il crut qu'elle avait peur de lui.

Puis elle sauta, enroulant ses bras autour de son cou, s'accrochant à lui pour lui offrir un baiser. Ses lèvres étaient douces, chaudes et tentantes. Alors que son goût se répandait en lui, l'éclair d'inspiration qu'il avait eu auparavant devint un fait réel et incontestable.

Elle était sa *compagne*.

Elle s'éloigna trop tôt, inclinant la tête en souriant.

— J'écoutais une histoire.

C'était quoi, cette histoire ?

— À cinq heures du matin ?

Elle acquiesça, se laissant glisser le long de son corps, mais gardant ses doigts entremêlés aux siens en le tirant vers la chaise vide. Il n'y avait que dans un groupe de métamorphes que le fait qu'il soit nu comme un ver ne posait aucun problème. Elle adressa un signe rassurant de la main à Glenn, et il retourna à son siège à contrecœur.

— Nous allons tous bien. Et Damon a besoin d'entendre ça aussi, insista Addie en lui serrant les doigts.

Glenn fronça les sourcils.

— Peut-on lui faire confiance ?

Damon prit la chaise, et comme il ne voulait pas la laisser partir, il la tira sur ses genoux et l'enveloppa de ses bras, la protégeant comme un bouclier.

Pourtant, même s'il était prêt à se montrer violent pour elle, un moucheron aurait suffi à le renverser lorsqu'elle répondit à Glenn avec fermeté.

— Damon est mon compagnon. Je vous promets qu'il

fera ce qui est juste.

Compagnon.

Elle avait dit *compagnon*. Il ne l'avait pas imaginé, et elle le savait aussi... Et bordel !

Mienne. Le loup de Damon poussa un grognement de satisfaction.

— Évidemment qu'il fera ce qu'il faut.

C'était Susanna, la grand-mère, cette fois, et la vieille femme fit un signe de tête vers eux, tandis qu'elle affichait un sourire enthousiaste. Elle agita le doigt vers son petit-fils avant de le pointer d'avant en arrière entre Addie et Damon.

— Tu vois ce que tu rates en ne cherchant pas le grand amour ?

Glenn leva les yeux au ciel avant de se tourner face à sa grand-mère.

— Ne parlons pas de ça.

Elle secoua la tête.

— Mais c'est de cela qu'il s'agit, mon petit-fils chéri. C'est l'amour qui nous fait faire des choses insensées parfois. Mais c'est aussi lui qui arrange les choses à la fin. Je le sais, ici, dit-elle en posant une main flétrie sur sa poitrine, souriant profondément.

Les rides de son visage évoquaient des années d'histoire, mais son attention était centrée sur l'ici et le maintenant. Peu importait ce qui se passait à côté, la vieille femme était rationnelle pour le moment.

Damon posa une main sur le bras d'Addie. Ce qu'il voulait, c'était comprendre le mystère de pourquoi il n'avait pas su. Mais en suivant les douces indications d'Addie, il fit la seule chose qu'il pouvait faire : écouter.

Mais ils avaient intérêt à faire vite. Il avait un tas de questions à poser, et il voulait des réponses, *maintenant*.

11

Addie était assise sur les genoux de Damon, enveloppée d'un tourbillon bienvenu d'apports sensoriels.

Elle avait suivi la piste jusqu'au village, l'odeur devenant de plus en plus forte jusqu'à ce qu'elle soit certaine de l'identité de la personne mystérieuse.

Mais ce que grand-mère Susanna faisait sur les toits du manoir Sterling-Wylde, elle n'en avait aucune idée.

La cuisinière avait disparu dans son cottage avant qu'Addie ne la rattrape, et alors qu'elle se tenait là, se demandant quoi faire ensuite, Glenn l'avait surprise en franchissant la porte. Il lui avait suffi d'un simple contact sur son bras pour confirmer que les seules pensées qui l'occupaient étaient le choc de la voir, et l'inquiétude pour sa grand-mère.

Lorsqu'elle avait pénétré dans le petit cottage et trouvé la vieille femme en train de vaquer à ses occupations matinales, elle s'était jointe à elle, posant délicatement ses doigts sur ceux de la grand-mère alors qu'elle lui tendait une tasse de thé.

Une semaine plus tôt, être touchée par Niall lui avait donné la nausée, car sa concupiscence égocentrique faisait partie intégrante de sa personnalité. En revanche, ce qu'elle avait reçu de Susanna était un cadeau de la plus pure espèce.

La vieille renarde métamorphe était une femme pleine d'amour. De l'amour pour son petit-fils, de l'amour pour son travail. Et par-dessus tout, un sens aigu de l'amour désintéressé, si sacrificiel qu'elle était prête à renoncer à ses secrets pour subvenir aux besoins des autres.

Ce petit bout de connaissance Oméga permit à Addie de rester dans le cottage à écouter les histoires décousues de la vieille femme pour découvrir la vraie raison de sa présence au manoir.

Damon n'était pas censé apparaître comme un chien des Baskerville venu à la vie. Correction : une bête humaine très nue, très belle, dont les yeux reflétaient l'envie de vengeance et la fureur.

Et à présent, ses mains musclées étaient serrées si étroitement autour d'elle qu'elle était sûre qu'il ne la lâcherait jamais. La barrière entre eux avait disparu, et l'émotion la plus forte qu'il ressentait était une stupéfaction absolue.

Il y en avait d'autres. Leur attirance était puissante, avec une bonne dose de luxure qui la faisait se tortiller sur place avant qu'elle ne la repousse prudemment pour en profiter plus tard. Son énorme attirance ne la mettait pas mal à l'aise, car elle était un mélange de désir et de plaisir. Ceci incluait un frisson de plaisir, car il envisageait des moyens d'être ensemble dans le plaisir et le jeu.

Et pour la première fois, elle comprit cette étrange sensation qu'elle avait toujours ressentie à son contact : son loup caché. Il se cachait pour empêcher la vérité d'éclater, bien qu'elle ne sache toujours pas pourquoi.

Ils étaient *compagnons*, et elle avait envie de danser de joie parce que c'était parfait.

Une fois qu'ils quitteraient le chalet, ils s'occuperaient de la peur ravageuse qui l'avait assailli dans la nuit, mais pour l'instant, il était temps de résoudre un autre mystère. Elle posa sa main sur la joue de Damon, et sa louve se heurta à son animal. Elle le calmait, lui promettant qu'elle lui appartenait.

Une partie de sa tension s'évanouit des épaules de Damon, et il prit une profonde inspiration, frottant son nez contre son oreille. Puis il la regarda dans les yeux, et elle sut que cette chose entre eux ne prendrait jamais fin. Jamais.

Il mêla ses doigts à ceux d'Addie, se tournant vers la pièce.

— Grand-mère Susanna, vous parlez de l'amour comme si vous le connaissiez bien.

Glenn se raidit, mais Grand-mère acquiesça, versa une tasse de thé pour Damon et la lui apporta. Son sourire éclatant les illuminait tous.

— J'ai connu l'amour, et il était magnifique.

— Un compagnon ?

— Non. Nous, les renards, ne prenons pas de compagnons, pas comme vous, les loups. D'une certaine manière, je suis jalouse, parce que je comprends bien que cela ne ressemble à rien de ce que j'ai connu, dit-elle, tapotant l'épaule de Damon comme s'il était un enfant. Mais d'un autre côté, j'ai réellement et profondément aimé plus d'un homme, et c'est quelque chose que vous les loups ne pouvez tout simplement pas comprendre. Alors on va dire qu'on est quittes.

— Grand-mère ! s'exclama Glenn, l'air scandalisé.

— Oh, tais-toi, mon garçon. Je sais que je suis vieille et desséchée maintenant, mais je ne l'ai pas toujours été.

Elle se tourna vers Addie et croisa son regard. Elle lui adressa un clin d'œil.

— Les enfants pensent être les premiers à avoir découvert le sexe. Je ne sais pas comment ils s'imaginent avoir été conçus, si c'était le cas.

Glenn laissa retomber son visage entre ses mains, et ses épaules tremblèrent quand il rit.

La voix de Damon gronda du fond de sa poitrine alors qu'il interrogeait doucement la vieille femme qui était retournée à son siège.

— Et aviez-vous un amant au manoir ?

Elle acquiesça, sortant un médaillon de dessous son châle de dentelle et le tenant dans la paume de sa main. Elle le caressa du bout des doigts.

— Mon Lachlan m'a donné ça. Il voulait m'épouser, tu sais, mais je ne voulais pas de tous les problèmes que cela aurait causés. Lui et moi étions tellement différents. C'était mieux pour nous deux de rester à notre place. Mais notre bref temps passé ensemble était délicieux. Mon cœur et ma maison sont pleins de souvenirs.

— Et si vous devez quitter le manoir ? demanda prudemment Damon.

Glenn s'éclaircit la gorge.

— J'espère que la personne qui reprendra le flambeau aura à cœur de nous garder un peu plus longtemps.

Il pinça les lèvres et regarda Addie d'un air implorant, comme s'il la suppliait de lire dans ses pensées.

— Oh là là ! Nous avons des invités !

Susanna se frotta les mains, puis lissa sa jupe en se levant. Elle s'avança, et tendit les mains à Addie et Damon.

— C'est un plaisir de vous rencontrer. Je suis Susanna,

et voici mon petit-fils, Glenn. Voulez-vous entrer et prendre une tasse de thé ?

Sans un mot, Damon déposa doucement Addie à terre, se leva et accepta la main de la grand-mère.

— C'est merveilleux de vous rencontrer, lui dit-il. Je m'appelle Damon, et voici ma compagne, Addie. Nous allons travailler au manoir pendant un certain temps.

Ravie, elle joignit les mains.

— Oh, le *manoir* ! J'y travaille, vous savez. Il est possible que je vous y voie, leur dit-elle en calant un cheveu gris derrière son oreille.

Elle adressa un clin d'œil quelque peu grivois à Damon.

— J'espère vous voir dans les parages, jeune homme. J'aime les jolis garçons.

Puis elle s'en alla, disparaissant dans une arrière-salle tout en chantant.

Glenn se leva, serrant sa tasse avec un air embarrassé, puis effrayé, comme s'il réalisait qu'il n'y avait pas de bouclier entre lui et Damon.

— Je suis sincèrement désolé pour ça.

Addie rejeta ses excuses d'un geste de la main.

— À certains moments, elle a plus de souvenirs qu'à d'autres, n'est-ce pas ?

— Et parfois sa mémoire disparaît quand je m'y attends le moins. Ou alors, elle va se comporter de manière imprévisible, expliqua-t-il, tordant les mains devant lui comme s'il suppliait. Je vous en prie, vous n'êtes pas en colère contre elle, si ?

Damon leva un doigt, désignant la chaise derrière Glenn, qui s'empressa d'obéir, s'asseyant aussitôt. Addie pensait prendre la troisième chaise, mais Damon n'était pas du même avis. Il la tira sur ses genoux lorsqu'ils se réinstallèrent.

— Je pense que vous feriez mieux de nous raconter toute l'histoire.

Glenn déglutit fort. Son regard oscilla de l'un à l'autre avant qu'il n'acquiesce, relevant le menton comme s'il avait rassemblé toute la bravoure possible.

— Après la mort de Lord Sterling-Wylde, et quand nous avons eu connaissance des projets des fils pour le domaine, j'ai entendu Grand-mère alors qu'elle se rendait sur sa tombe. Elle lui a dit qu'elle devait partager leur secret.

Ses yeux brillèrent, et Addie se redressa, surprise.

— Mon père était le fruit de cette histoire d'amour dont elle a parlé, mais jusqu'à ce moment, je ne l'avais jamais su. Et notre famille n'a jamais eu de problème à travailler pour Lord Sterling-Wylde. Lachlan était un homme bon, très différent de ses fils.

— Ma grand-mère m'a montré le médaillon et une boîte remplie de papiers qu'il lui avait donnés autrefois. Je pensais que c'était toutes des lettres d'amour, mais celle du haut s'est avérée être un testament qu'il lui avait donné peu avant sa mort.

Sous elle, Damon se raidit.

— Et ce testament désigne-t-il un autre héritier ?

Glenn hocha lentement la tête.

— J'avais peur de le remettre à Niall ou Alastair de peur qu'ils ne le détruisent.

— Mais pourquoi ne pas l'avoir donné directement aux autorités ? lui demanda Addie.

Damon caressa de nouveau son bras de ses doigts. Le sentiment d'émerveillement et la justesse de ce geste pénétrèrent en elle comme un vin enivrant.

— Parce que cette histoire d'amour était secrète, murmura-t-il. Cela soulèverait un tas de questions auxquelles vous n'avez pas de réponses à apporter, et vous vouliez protéger votre grand-mère.

L'autre homme hésita.

— Cela n'aide pas que grand-mère ne sache pas toujours quel jour nous sommes ni en quelle année. C'est une chose qu'un nouveau testament mystérieux apparaisse, attribuant la totalité de l'héritage aux travailleurs qui ont pris soin de Lord Sterling-Wylde pendant ses vingt dernières années. Cela générera des ragots en soi, et ce n'est pas grave. Mais qu'il apparaisse entre les mains d'un homme qui ressemble bizarrement à un parent, surtout à côté des photos dans le grand couloir... Il n'y a aucune chance que son secret puisse rester caché.

Damon rit.

— J'aurais aimé rencontrer Lord Sterling-Wylde. On dirait que c'était un homme très sournois. C'est brillant, vous savez. Donner le domaine à un groupe de personnes, et pas à la seule personne sur laquelle il ne veut pas attirer l'attention.

— Mais est-ce légal ? demanda Addie.

Damon hésita.

— Je n'en saurais rien même si je regardais le testament, mais je peux vous promettre de le transmettre aux bonnes personnes pour le découvrir.

Glenn glissa la main sous sa chemise et en sortit une enveloppe en lin.

— Après qu'Addie soit arrivée et ait remis les testaments qu'elle avait découverts, j'ai cru que c'était ma solution. J'ai essayé de le cacher à un endroit où vous le découvririez, mais j'ai dû continuer à le déplacer, de peur que Niall ou Alastair le découvre en premier.

Évidemment.

— Vous l'avez glissé dans ce journal en cuir jaune que

j'ai trouvé dispersé un peu partout dans la maison. Je n'arrive pas à croire que je ne l'ai pas compris plus tôt.

Damon l'attrapa par le menton. Il déposa un bref baiser sur ses lèvres, et une vague de réconfort, accompagnée d'un soupçon de rire, l'enveloppa comme une couverture chaude.

— Tu n'as pas à t'en vouloir. C'était une bonne tentative de la part de Glenn, et tu aurais fini par le découvrir.

L'autre homme sourit d'un air contrit.

— Sauf que grand-mère en a eu marre de mes « tentatives bâclées », alors elle a décidé d'y aller elle-même.

— Sur les toits ? s'enquit Addie, étonnée.

Glenn fit une nouvelle grimace.

— Elle m'a dit qu'elle connaissait tous les chemins secrets pour entrer et sortir du manoir. Je ne veux pas réfléchir au pourquoi. Mais elle avait prévu de le déposer à l'endroit où tu le trouverais forcément.

— Laissez-moi deviner. Elle a repéré Niall et a changé d'avis ?

Glenn acquiesça.

Toute cette histoire était tordue et folle, et elle était parfaitement logique.

Damon tendit la main.

— Pourquoi ne me donneriez-vous pas le testament ? Nous devrions le remettre à sa place le plus vite possible.

Les précieux papiers leur furent remis, et Addie les prit avec un soupir de satisfaction, se levant pour attendre Damon.

Glenn prit un tartan plié sur une étagère proche et le lui lança.

— Je vous l'offre. Avec nos remerciements.

— Nous ne pouvons rien vous garantir, mais nous ferons de notre mieux, promit Damon.

Ils partirent ensuite, précipités si rapidement hors du

cottage qu'Addie eut à peine le temps de leur faire un signe d'au revoir.

PORTANT un autre kilt emprunté autour des hanches, Damon maintint une prise ferme sur les doigts d'Addie alors qu'il se précipitait dans un passage secret qu'il avait découvert et qui menait des ruines de la tour de guet voisine à la bibliothèque. Ils s'arrêtèrent là. Il avait un détail à régler avant qu'ils puissent aborder la discussion la plus importante de sa vie.

— Numéro de téléphone de l'exécuteur testamentaire.

Elle le lui trouva sur son iPad, attendant en silence pendant qu'il se servait de la ligne fixe du manoir pour laisser un message sur le répondeur du cabinet d'avocats. Ensuite, elle le suivit de son plein gré tandis qu'il la ramenait dans l'obscurité des tunnels, empruntant le chemin le plus court qu'il connaissait menant à la base de sa tour.

— J'ignorais l'existence de ce passage, murmura-t-elle dans le silence du matin.

— Je l'ai découvert l'autre jour. Il doit y en avoir des dizaines d'autres que je ne connais pas encore. Je me demande combien nous en trouverons à la fin.

— Nous pourrions demander à Susanna, proposa Addie, qui semblait impressionnée par la liaison secrète. C'était ma partie préférée de l'histoire.

— On dirait que nous ne sommes pas les seuls à avoir réchauffé certaines parties du manoir de manière scandaleuse.

Il dut user de toute sa concentration pour garder son

calme jusqu'à ce qu'ils aient de l'intimité, et discuter de tunnels était mieux que rien.

— Je ne veux pas risquer de tomber sur les garçons. Pourquoi ne m'as-tu pas prévenu qu'ils n'étaient rien de plus que de vulgaires chats domestiques ?

Addie cligna des yeux, surprise.

— C'est ce que sont les tigres des Highlands. Je pensais que tu le savais.

Damon secoua la tête.

— J'ai bien envie de botter leurs derrières poilus pour toutes ces fois où je n'ai pas compris que c'était eux qui traînaient dans le coin et se montraient agaçants.

Ils étaient à mi-chemin de l'escalier, et elle gardait ses doigts serrés autour des siens comme si elle essayait de confirmer qu'il était vraiment là.

Il la guida à travers la chambre à coucher, déposant le testament sur la commode avant de se diriger vers le balcon est et les chaises surdimensionnées qu'il avait installées là quelques jours plus tôt.

Lorsqu'elle fit un geste vers la deuxième chaise, il la fit tourner, la tenant fermement.

— Pas si vite. Nous devons discuter.

Addie hocha la tête.

— Je ne sais pas par où commencer.

— Moi, si.

Il prit son visage entre ses mains et l'attira à lui pour un baiser foudroyant, s'emparant de sa bouche comme s'il la possédait. Et, en réalité, c'était le cas. Tout comme elle possédait chaque partie de lui, à partir de ce moment-là et pour toujours.

Ce fut le loup en lui qui lui procura la force de s'éloigner. La bête lui donna un petit coup de museau pour s'excuser, tout en insistant sur le fait que parler pourrait être une bonne idée avant le début de la revendication.

Damon soupira.

— Je ne sais pas pourquoi, tout à coup, *il* décide qu'il doit être le plus raisonnable des deux.

Elle posa les doigts sur sa poitrine.

— Ton loup ?

Ce côté de lui se précipita pour essayer d'atteindre Addie. Damon se prépara à combattre la bête, mais avant qu'il ne puisse dire un mot, elle répondit. Elle chuchota de manière apaisante, lui caressant la poitrine tout en le repoussant vers la chaise la plus proche. Elle finit blottie sur ses genoux.

Son loup se tassa en une boule de satisfaction, et Damon la regarda avec une certaine crainte.

— C'était... étrange.

Addie lui adressa un sourire d'excuse.

— Tu vas devoir t'habituer à l'étrange. Puisqu'apparemment nous sommes compagnons, nous allons avoir tout le temps d'apprendre les petites manies de l'autre.

— Comment est-ce possible ?

Cela n'avait toujours pas de sens, même si...

— Je veux dire, j'en suis vraiment ravi, et il est hors de question que je te laisse tomber, mais comment ai-je bien pu passer à côté de quelque chose d'aussi important que ça entre nous ?

Elle lui caressa la joue et reposa sa tête contre son épaule.

— Je n'en suis pas sûre, pas totalement, mais j'ai quelques idées.

Du moment qu'elle n'arrêtait pas de le toucher, il pouvait discuter.

— Est-ce le karma qui nous récompense ?

— Peut-être que cela a un rapport avec ce que tu m'as confié au sujet de Caitlin.

C'était une bonne chose qu'elle le caresse encore, car son loup était trop calme pour s'emporter comme il l'aurait fait normalement à l'évocation de cette nuit-là. Au lieu de cela, Damon la serra dans ses bras et réfléchit.

— Je ressens ce que tu ressens, murmura-t-elle.

Il se figea.

— Est-ce que je te fais mal ?

Elle rit, se redressa et croisa son regard.

— Je savais que ce serait ta première question. Non, je ne suis pas accablée. C'est comme si ton côté loup et le mien, à présent qu'ils savent que nous sommes là l'un pour l'autre, créaient juste assez d'interférences pour que je puisse te toucher sans répercussion. Mais je peux ressentir bien plus de choses venant de toi qu'avant.

Damon hésita.

— Donc tu sens aussi mon loup ?

Addie hocha la tête, affichant un grand sourire.

— Je t'ai dit que j'avais hâte de le rencontrer.

Bon sang.

— Tu ne pouvais pas sentir mon loup jusqu'à maintenant.

Elle secoua la tête, et les étincelles dorées dans ses yeux dansèrent pour lui.

— C'est ça. Mon loup se cachait, marmonna Damon. Cette satanée bête refusait de me dire pourquoi. Et apparemment, tout ce temps, c'était de *toi* qu'il se cachait.

— En conséquence de quoi nous ne savions pas que nous étions compagnons, confirma-t-elle, et le petit pli entre ses yeux se creusa. Ce qui explique le « comment », mais je ne comprends pas « pourquoi ». Pour quelle raison ferait-il une chose pareille ?

Damon jura doucement. Il comprenait enfin.

— Il te protégeait, mais pas à cause de quelque chose que tu aurais fait, à cause de moi. À cause de lui. Oh, *merde*. C'est logique.

Il fut tenté de s'éloigner pour lui épargner la bouffée de chagrin qui allait surgir alors qu'il revisitait le passé et la nuit où il avait perdu Caitlin. Une nouvelle vague de culpabilité le frappa, dont il ne serait jamais libéré.

Il n'avait jamais voulu oublier, car son erreur avait coûté la vie à Caitlin. Mais à présent, il semblait qu'elle avait également failli lui coûter Addie, et c'était inacceptable.

— Cette nuit où elle est morte, je me suis montré imprudent, et j'ai laissé mon loup prendre le contrôle. Voilà pourquoi je n'ai pas renoncé quand j'aurais dû. Et depuis, lui et moi ne nous entendons plus. Nous nous battons en permanence pour la domination, et à cause de nos différends, je ne suis pas un loup complet. Si je ne suis pas capable de me contrôler, comment puis-je être présent pour ceux qui ont besoin de moi ? Comme toi, ou une meute, ou...

Il n'acheva pas sa phrase, perdu dans son regard couleur whisky.

— Oh, Damon !

Elle murmura son nom, lui caressant la joue de ses doigts, inclinant ses lèvres vers lui, collant brièvement sa bouche contre la sienne. C'était une douce bénédiction, promesse de pardon et d'un avenir tout à la fois.

— Je suis sincèrement désolée que tu l'aies perdue, mais je ne regretterai jamais que tu sois à moi.

L'émotion lui obstruait la gorge.

— Mon Dieu ! Et si je faisais quelque chose qui te blesse ?

Elle lui serra les bras, et les taches d'or dans ses yeux devinrent plus brillantes.

— Tu ne peux pas me faire de mal, à moins que tu refuses de te donner entièrement à moi. Tu es un loup extraordinaire, Damon, et j'ai hâte d'apprendre à mieux te connaître au cours des années qui nous attendent. Je ne te laisserai plus jamais cacher ton loup. Je te veux tout entier. Je te mérite tout entier.

Elle était tellement parfaite pour lui, cette femme compliquée, pleine de fureur et de rires et...

L'émotion.

Voilà ce qui manquait.

Il prit son menton dans sa main et la fixa intensément. Son loup se précipita ; cette fois, il voulait l'aider. Il était prêt à faire n'importe quoi pour s'assurer qu'Addie soit en sécurité, mais plus encore, qu'elle soit heureuse.

Car elle était à eux.

Elle était leur *compagne*, insistait son loup.

Oui, notre *compagne. Et nous la protégerons, et nous prendrons soin d'elle*, répondit Damon alors que la bataille entre eux s'apaisait, et qu'ils s'unissaient derrière un unique objectif.

C'est alors que son loup lui raconta ce qui s'était passé quelques heures plus tôt. Le cœur de Damon bégaya en apprenant qu'elle avait souffert en l'aidant. Et pourquoi ne le lui avait-elle pas dit ?

Elle gardait des secrets, et il était temps qu'ils soient *tous* révélés au grand jour.

— Que les choses soient bien claires, ici et maintenant, Addie MacShay. Je suis ton compagnon, et moi aussi, je veux tout de toi.

Son visage s'éclaira comme un rayon de soleil.

Il se pencha et frôla ses lèvres des siennes.

— Ce qui signifie plus de tours de passe-passe nocturnes façon martyr.

— Merde, dit-elle en clignant des yeux, l'air coupable. Comment as-tu su ? Est-ce que tu t'es souvenu… ?

Elle plissa les yeux, et ses doigts se resserrèrent sur son épaule, là où reposait sa main. Une sensation de fraîcheur effleura l'esprit de Damon, comme le frôlement des ailes d'un papillon.

— Ton loup. *Enfoiré*. Il a mouchardé. Il est aussi pénible que toi !

— Tu avais l'intention de me le dire, n'est-ce pas ? voulut savoir Damon.

— Oui, mais…

— Alors, quel est le problème ?

Elle ouvrit la bouche, puis la referma rapidement.

— Il n'y a pas de problème.

Il l'embrassa à nouveau, approfondissant son contact pour satisfaire une petite partie de son désir.

Elle laissa échapper un soupir de plaisir qui s'estompa lorsque Damon se recula et se plongea dans son regard.

— Raconte-moi. Raconte-moi ce que tu ne me dis toujours pas.

Elle hocha lentement la tête.

— J'ai soulagé ta douleur la nuit dernière. Je peux faire plus que ça.

— Pas si cela doit te faire du mal.

— Ce ne sera pas le cas. Je veux dire, ça ne devrait pas.

Il lui jeta un regard noir.

Qu'elle lui rendit, avant de faire une grimace qui le fit rire malgré tout ce qui se passait.

Une femme incroyable. Incroyable, et tout aussi têtue que lui. Leur vie ne serait jamais ennuyeuse.

— Je te veux *tout entière*, Addie. Dans les moindres détails. Et, quels que soient les dons qui te rendent unique, je les accepte. Ne me cache rien.

Ce fut au tour d'Addie de le regarder sans rien dire pendant un moment.

— Tu es sûr ?

— Sans le moindre doute...

Ce fut comme si une porte s'ouvrait sur un barrage. Il sentit son contact non seulement là où sa main reposait, mais à l'intérieur, comme si les bords de leurs âmes s'entremêlaient tandis qu'Addie s'y engouffrait.

Il reconnut sa caresse douce et attentionnée qui apaisait les bords déchiquetés de ses souvenirs. Elle le cajola, le réconforta, puis le gifla un peu pour la culpabilité qu'il portait encore. Mais elle n'essaya pas de la lui retirer, et il en fut ravi, car il avait besoin de se souvenir. Il ne voulait pas que Caitlin disparaisse complètement. Et Addie lui laissa les bons souvenirs, tout en atténuant la douleur.

Puis il se retrouva assis avec le tournis, tandis qu'elle poussait un soupir de joie.

— Bordel, c'était incroyable ! s'exclama-t-il, émerveillé.

— Lorsque je m'immisce dans les émotions de quelqu'un, je m'immisce *vraiment*, hein ? Elle ne lui laissa pas le temps de répondre. À la place, elle colla ses lèvres aux siennes et appuya son corps contre celui de Damon.

— Je veux..., murmura-t-elle contre ses lèvres, je veux savoir quel effet cela fait d'être avec mon compagnon.

Damon trembla alors que l'intensité de sa déclaration le frappait, et que son amour et son acceptation le touchaient de plein fouet.

Il se leva pour la porter dans la chambre.

12

———————

*T*u parles d'expériences qui changent la vie !

Entre la dernière fois qu'elle s'était mise au lit et le moment où on l'y descendait avec précaution maintenant, elle avait retrouvé un testament et des héritiers disparus, apaisé un homme qui avait souffert pendant des années...

Et trouvé son compagnon.

Damon la couvrit de son corps. C'était le paradis qu'elle avait espéré.

Mais elle ne voulait pas se précipiter. Le toucher, partager des expériences de peau à peau totalement intimes serait incroyable, mais se précipiter sans tenir compte de toutes les nouvelles nuances entre eux semblait criminel.

Elle posa les mains sur sa poitrine nue, caressant les muscles puissants tandis qu'elle le fixait dans les yeux.

— J'ai besoin de te toucher partout.

— C'est ma réplique, gronda-t-il en baissant la tête pour frotter leurs bouches l'une contre l'autre.

Les lèvres de Damon parcoururent sa joue jusqu'à ce qu'il mordille le lobe de son oreille. Elle se laissa aller contre lui. Son corps entier ne formait plus qu'un immense faisceau de désir sensible.

Ses émotions filtraient à travers elle, distinctes et uniques à lui. Elles étaient aussi particulières que son écriture, ou le glissement familier de ses doigts le long de son buste pour jouer avec sa poitrine : c'était Damon, c'était *sa* façon de la caresser.

Et à présent, ses pensées et ses émotions faisaient la même chose : elles écrivaient un message en elle, rien que pour qu'elle le lise. Il y avait de la passion et de la luxure, mais son désir n'était pas envahissant, car la passion était accompagnée d'adoration. Comme s'il n'arrivait pas à croire qu'il avait le droit de la toucher. Il ne se lasserait jamais d'elle. Il leur faudrait toute une vie pour que ce désir commence à être satisfait.

— Je serai toujours là pour toi, lui promit Damon, en glissant pour que ses hanches se calent entre les cuisses d'Addie.

Ses yeux n'étaient plus bleu ciel. À présent, son côté humain se mêlait à l'argent de son loup : les deux s'élevaient pour lui promettre protection. Ils lui promettaient que Damon serait tout ce qu'elle voulait qu'il soit.

Elle emprisonna son visage entre ses mains pour pouvoir l'embrasser jusqu'à ce qu'elle soit étourdie, privée d'oxygène, mais nourrie par un flux constant d'émotions vivifiantes qui se déversaient de lui dans son âme.

Damon roula sur le côté, retirant son kilt d'un seul geste, ses biceps puissants se contractant tandis qu'il attrapait le bas de sa chemise et la faisait passer par-dessus sa tête. Il écarta le tissu et tendit les mains vers le pantalon d'Addie, la dénudant en quelques secondes, tandis qu'il la regardait avec une admiration sans bornes.

— Je n'arrive pas à croire que tu sois à moi.

— Toujours, lui promit-elle en retour. Pour t'aider, te soutenir, et t'aimer.

Il l'attira dans ses bras.

— J'aime entendre ça. C'est ce que j'ai toujours voulu.

L'émotion qui se dégageait de lui correspondait à ses mots, mais il y avait plus. Des choses que les mots seuls ne pouvaient exprimer, et qui étaient profondément enfouies. Peut-être que Damon n'était pas conscient de ce qu'il cachait depuis trop longtemps, et elle n'était pas prête à le révéler. Mais il devait savoir une chose.

— Tu n'es pas seulement à moi.

Elle se blottit contre lui, se calant sur ses genoux. Leurs poitrines se touchaient, les bras du jeune homme l'entouraient et elle glissa les doigts dans ses cheveux.

— Je te veux, et j'ai besoin de toi. Mais je ne suis pas égoïste au point de te garder pour moi toute seule alors que tu as besoin de plus.

Il fut pris d'un frisson pendant un instant, mais à l'intérieur, son loup hurla son approbation. La bête en était presque à sourire à l'idée de s'occuper d'une véritable meute. C'était ce dont elle avait besoin, ce qu'il leur fallait à tous les deux pour être complet. Jusqu'à ce que cela se produise, Damon ne serait jamais vraiment heureux non plus.

Il passa les doigts sous le menton d'Addie et fit basculer sa tête en arrière.

— Ça suffit que tu te glisses dans ma tête. Nous parlerons de toutes sortes de choses dans les jours à venir, mais là, tout de suite, je te veux.

Elle n'y voyait aucune objection. Elle en eut encore moins lorsqu'il la souleva assez haut pour pouvoir nicher son nez entre ses seins. Il la taquina et la nargua jusqu'à la faire rouler sous son corps et glisser le long du sien pour faire vibrer son organisme.

Il semblait déterminé à lui faire voir des étoiles, et elle était incapable de lutter contre sa détermination à la transformer en un amas de gelée frémissante. Elle eut du mal à respirer lorsque son corps entier trembla pour la troisième fois consécutive.

— À mon tour, dit-elle, essayant de se dégager pour le toucher à son tour.

— Rien à faire, répondit Damon en la prenant dans ses bras pour s'avancer vers le mur le plus proche. Bon, d'accord, tu peux faire une chose.

D'instinct, elle enroula les bras et les jambes autour de lui. La chaleur de son membre se posa juste au bon endroit.

— Je ne vois pas quoi.

— Je te le dirai quand le moment sera venu.

Damon la poussa en arrière tout en l'abaissant, la transperçant de son long membre. Une sensation magnifique l'envahit lorsque son érection l'étira, et elle planta ses ongles dans la peau de son compagnon.

Ses mains la protégeaient du mur de pierre froid, tandis que le sexe chaud et dur qu'il enfonçait en elle, encore et encore, suffisait à lui faire basculer la tête en arrière, et gémir d'extase.

— C'est si bon. Oui ! Mon compagnon.

— *Mienne*, approuva Damon, se balançant à nouveau avec un grognement de satisfaction.

Il parvint à glisser la main entre eux et taquina son clitoris du bout des doigts tout en la pénétrant. Le plaisir tournoya à toute vitesse jusqu'à ce qu'elle soit au bord de l'extase. Il ne restait qu'une chose pour la faire basculer...

Il plongea les dents dans son cou, la mordant. Il la marqua et la revendiqua comme sienne et... Oh, mon Dieu ! Son orgasme frappa, menaçant de faire exploser la chambre de la tour, de l'arracher de ses fondations et de la projeter dans les cieux.

La satisfaction ne palpitait pas dans ses veines, elle ricochait comme dix millions de balles de ping-pong lancées toutes en même temps dans un espace confiné.

Addie lutta pour sortir de son état d'euphorie engendrée par le plaisir et posa sa bouche sur son épaule, la léchant délicatement. Elle s'efforça de reprendre son souffle suffisamment longtemps pour achever le rituel.

Damon enfonça davantage son sexe ; des perles de sueur se formèrent sur son front tandis qu'il appuyait un coude sur le mur et réduisait ses coups de reins. Tout en restant assez proche pour qu'elle puisse l'atteindre.

— Bon sang, Addie, *maintenant* ! la supplia-t-il.

Elle referma les mâchoires. Le goût de Damon se répandit sur sa langue, et le lien qu'ils avaient établi grâce à son don d'Oméga se développa encore davantage lorsque le lien de compagnon se mit en place.

Damon cria, basculant les hanches en avant une dernière fois avant de s'immobiliser, enfoui profondément en elle. Son corps dans celui d'Addie.

Leurs esprits entremêlés.

— *Oh, bon sang, c'était intense !*

La voix de Damon. Dans sa tête.

Addie l'embrassa sur la joue, l'épaule, et tous les endroits qu'elle pouvait atteindre.

— C'était incroyable.

Ses bras puissants la bercèrent comme si elle était la chose la plus précieuse de son monde. De puissantes émotions les entouraient : l'amour, l'amitié, l'appartenance, le tout emmêlé.

Il resta là à lui caresser le cou jusqu'à ce qu'elle se

tortille contre lui, et que la chaleur entre eux reprenne de plus belle. Damon quitta l'endroit où il s'était appuyé, son regard ardent se posa sur elle alors qu'il l'emmenait sous la douche et entreprenait de lui faire l'amour une fois de plus.

— Il va falloir s'habituer à cette histoire de compagnons, la prévint-il.

Addie s'adossa au mur de la douche et admira le grand loup musclé devant elle, qui lui appartenait, aujourd'hui et pour toujours.

— *C'est pour ça que nous sommes compagnons. Nous avons tout le temps devant nous.*

Il lui fallut un énorme effort pour se lever quelques heures plus tard, non seulement parce que son lit était chaud et confortable, mais aussi parce qu'il était occupé par un loup mâle avide de prouver sa revendication encore et encore jusqu'à ce qu'elle échappe à son emprise en riant.

— Damon, arrête ! Je dois aller travailler. Et l'exécuteur testamentaire devrait être là dans quelques heures.

Il remua les sourcils.

— J'aime avoir une compagne, soupira-t-il, s'adossant aux oreillers, croisant les mains derrière sa tête.

— On dirait un gros matou qui se prélasse.

Il fit la grimace.

— Oh, bon sang, non ! Tu arrêtes tout de suite avec les blagues sur les chats.

— Est-ce qu'on devrait avoir des colliers assortis ? le taquina Addie en s'habillant, lui échappant de justesse alors qu'il bondissait après elle avec un grognement.

Ils n'avaient pas tout résolu, mais pour deux loups, le problème principal avait été réglé. À partir de maintenant, ils seraient ensemble, point final. C'était incontestable, et ils pourraient gérer le reste dans les semaines à venir.

— Je vais d'abord m'occuper du testament, lui dit Damon, le rangeant soigneusement avant de l'attirer dans ses bras pour lui offrir un baiser qui la secoua complètement.

Ils souriaient tous les deux comme des idiots lorsqu'elle se libéra enfin.

— Je vais me remettre au travail. Rejoins-moi quand tu le pourras.

Elle se dirigea avec joie vers la bibliothèque, ravie de terminer sa tâche tout en faisant confiance à Damon pour tenir sa promesse.

Addie était tellement plongée dans son travail que ce n'est que par hasard qu'elle remarqua une longue berline noire qui entrait dans la cour. Lorsqu'elle reconnut l'exécuteur, elle ne put résister. Elle attrapa ses affaires et se précipita en bas, se glissant dehors avant que l'homme n'atteigne les portes d'entrée.

Elle se cacha derrière l'un des piliers massifs de l'entrée. Une main chaude se glissa dans la sienne, serra brièvement ses doigts, puis Damon fit un pas en avant, rejoignant Niall et Alastair sur le perron alors que l'homme en costume s'approchait.

Niall renifla.

— Vraiment, vous n'avez nulle part d'autre où aller ? Vous n'avez pas d'os à déterrer ou de ballons à chasser ?

Damon rit avec une touche de malice dans le ton.

— Oh, j'en ai déterré, des os, croyez-moi. Soyez juste un peu patient, et vous verrez.

Alastair la repéra, ses yeux s'écarquillèrent et il s'écarta prudemment de Damon.

L'exécuteur arriva au pied de l'escalier, et leva le nez.

— J'ai entendu dire que vous aviez des nouvelles pour moi.

Niall ricana.

— Oh, je vous en prie ! Après tout ce temps, c'est vous qui devriez avoir des nouvelles pour nous. Vous n'avez pas pris de décision ?

L'homme observa Niall d'un regard dédaigneux.

— Nous sommes en train de travailler sur les autres testaments, mais j'ai cru comprendre qu'il y en avait un nouveau. Il est plus récent que tous ceux que nous sommes en train d'examiner, et manifestement moins frauduleux qu'au moins deux des autres que nous avons dans nos dossiers.

Alastair s'étouffa.

— Frauduleux... c'est absurde !

— Vraiment ? demanda l'homme en haussant un sourcil. C'est un délit pénal de falsifier des documents légaux, vous savez. Peut-être allons-nous nous contenter d'ignorer cette petite question si ce dernier testament est moins faux que ceux que vous et votre frère nous avez remis au bureau.

— Je pense que vous confirmerez que celui-ci est authentique.

Damon s'avança, et le tartan bleu et vert autour de ses hanches se gonfla légèrement alors qu'il tendait à l'exécuteur testamentaire les précieux documents que Glenn leur avait remis.

Alastair et Niall couinèrent comme des chats que l'on balance dans un lac.

— Qu'est-ce que vous faites ? demanda le second, commettant l'erreur d'attraper les documents.

Damon répliqua vertement.

— Addie l'a découvert dans la bibliothèque. J'ai supposé

que vous souhaiteriez le remettre aux autorités compétentes.

Alastair posa sur elle un regard meurtrier par-dessus son épaule.

Un instant plus tard, le chat métamorphe fendit l'air, atterrissant en un amas confus au bas des escaliers.

Damon avait simplement placé une main sur la poitrine de l'homme et l'avait poussé, mais à présent il laissait sortir toute sa puissance avec une mise en garde.

— Si vous vous avisez ne serait-ce que de *regarder* encore une fois ma compagne, je plongerai la main dans votre gorge, vous arracherai les tripes et vous étranglerai avec.

Alastair gigota. Il se dégagea de son costume et l'abandonna alors que son chat s'élançait vers l'arbre le plus proche pour crier des insultes depuis les branches les plus hautes.

L'exécuteur se racla la gorge, puis tapota sa poche.

— Eh bien, je vais vous laisser à vos affaires privées. Nous allons examiner ceci immédiatement et revenir vers vous dès que possible.

Niall jeta un regard méchant à Damon, mais il fut au moins assez intelligent pour s'en aller dans la direction opposée, évitant tout contact avec Addie.

— *Tu n'avais pas besoin de les effrayer à ce point,* murmura Addie dans sa tête, émerveillée qu'ils puissent communiquer de cette manière, et ravie d'avoir un compagnon avec qui elle pouvait le faire.

Damon sourit à pleines dents.

— *Hé, je ne suis pas en train de les traquer, et je ne leur arrache pas la fourrure de la queue, même si c'est ce que j'ai envie de faire. Tu vois à quel point je peux me montrer raisonnable ?*

— *Très raisonnable. Tu m'en vois ravie.*

Il éclata d'un rire clair tandis qu'ils discutaient en pensées, et la joie enfla au creux de son ventre.

Elle lui tendit la main et attendit qu'il la rejoigne, mais à la place, il fit signe à quelqu'un qui se tenait hors de son champ de vision.

Glenn s'avança, le chapeau à la main.

— Je n'aurais jamais cru cela possible, mais nous avons une chance.

— Plus qu'une chance, lui assura Damon. J'ai examiné les documents, et bien que je ne sois pas expert, je pense qu'ils sont authentiques. J'espère avoir bientôt de bonnes nouvelles pour vous.

Le jardinier hocha la tête.

— Nous vous serons tous éternellement reconnaissants si cela arrive. Merci de nous avoir défendus. C'est le signe que vous êtes un homme bon, et je suis fier de vous avoir rencontré, monsieur.

Addie s'avança et prit la main de Damon. Un profond sentiment de nostalgie émanait de lui, et elle s'en étonna.

— *Addie, mon amour. Ça te dérangerait de vivre en Écosse un peu plus longtemps ?*

— *Quoi ? Tu ne vas pas me traîner au milieu des lumières vives de New York et me faire baigner dans la décadence ?*

— *Je t'aime, mon cœur.*

Il ajouta un léger pincement à ses mots, comme s'il avait déposé un baiser dans son esprit. Et il lui serra les doigts en se retournant vers Glenn.

— J'ai une proposition. S'il s'avère que vous héritez, appelez-moi. Ce sera peut-être difficile de partager le château pour votre groupe, mais si vous le vendez, vous pourrez tous avoir une part.

Glenn hocha la tête, mais son regard reflétait sa confusion.

— Mais l'idée était en partie de garder ma grand-mère ici.

Damon hocha la tête.

— Si j'achète le manoir, vous pourrez tous rester. Je n'ai jamais possédé de château avant. J'imagine que ça demande pas mal de travail pour le maintenir.

Le jardinier esquissa un sourire.

— Ne vous excitez pas trop à ce sujet avant d'être sûr qu'il est à vous, le prévint Damon, mais voilà où vous pourrez me joindre. Pour ça, ou n'importe quoi d'autre.

Addie attendit que Glenn soit parti, la carte de visite de Damon entre les doigts. Elle secoua la tête, confuse, en tapotant ses poches inexistantes.

— D'où l'as-tu sortie, et comment peux-tu proposer d'acheter cet endroit ?

Damon s'éclaircit la gorge.

— Il nous reste des choses à discuter.

Addie ricana, car elle ne pouvait rien faire d'autre.

— Il semblerait que oui.

— *Serais-tu contrariée de découvrir que tu es la compagne d'un homme riche ?*

— *Seulement si j'étais une idiote*, répondit-elle. Allez ! Tu vas pouvoir tout me raconter au déjeuner.

— Déjeuner tout nus ? suggéra Damon.

— Déjeuner discussion, insista Addie.

Il fredonna en signe de désapprobation avant de s'éclairer, un sourire sur le visage.

— Voilà ce que je te propose : faisons une partie de dames pour décider de ce que nous allons faire en premier. Ta mémoire ne pourra pas t'aider à gagner à ce jeu-là.

Elle rit et ramena sa louve espiègle dans le manoir,

savourant le flot continu de bonheur et de satisfaction qui émanait de lui à travers leurs doigts liés.

Du bonheur, de la satisfaction, et une bonne dose de désir. Elle pouvait gérer tout cela, en trichant aux dames, ou non.

ÉPILOGUE

Un an plus tard.

Damon la rattrapa, la fit tournoyer dans les airs avant de plaquer ses épaules contre le mur en bois de l'écurie. Addie éclata de rire, et le son se mua en un gémissement de plaisir lorsqu'il remonta sa jupe et glissa ses doigts en elle, testant sa moiteur.

— À chaque fois. Chaque fois, tu es prête pour moi.

— Maintenant, le supplia-t-elle. Dépêche-toi, Damon. Quelqu'un pourrait arriver à tout moment.

Damon repoussa son kilt. Ils n'avaient pas le temps de faire preuve de délicatesse ni pour de longs préliminaires, mais ils avaient batifolé dans le grenier à foin pendant l'heure précédente, alors cela comptait. Il aligna son sexe et donna un coup de reins, la plaquant contre le mur tandis qu'il la protégeait d'un bras derrière ses hanches et ses épaules. Addie glissa ses doigts dans ses cheveux et tira pendant qu'il s'enfonçait en elle, la pilonnant.

C'était sa position préférée, et maintenant, elle le savait. Elle savait tout de lui.

— *Tu vas me tuer*, murmura-t-il dans son esprit. *Je suis tellement accro que je ne peux pas respirer sans toi.*

— Tu dis les choses les plus gentilles... Oh, mon Dieu, juste là ! *Là !*

Il gloussa, et son rire se métamorphosa en plaisir explosif alors qu'elle se resserrait autour de lui, lui arrachant un orgasme plus rapidement qu'il ne l'aurait cru possible.

Sauf qu'il aurait dû s'y attendre. C'était ce que sa compagne lui faisait.

Même après un an de vie commune, il ne pouvait résister au contact de sa peau ou au goût de ses lèvres. Il aimait se réveiller le matin avec elle emmêlée autour de lui, un flot continu d'émotions se déversant entre eux comme si elle avait passé toute la nuit à le caresser. À prendre soin de lui.

Et lorsqu'ils se disputaient, elle ne retenait rien. Elle partageait tout, et sa frustration et ses fléchettes ardentes déferlaient sur lui lorsqu'il avait fait quelque chose de stupide, soit au moins tous les deux jours.

Le sexe entre compagnons n'était comparable à absolument rien sur terre.

Il la fit descendre lentement au sol, se penchant pour déposer un baiser sur sa joue. Elle soupira joyeusement en redressant sa chemise et en réarrangeant son kilt.

— Es-tu toujours heureux que nous vivions ici ?

— Au manoir ? Bien sûr. C'est la meilleure maison que j'ai jamais eue, confirma-t-il, l'attrapant par le menton avant de mordiller sa lèvre inférieure. Et tu y es, ce qui la rend parfaite.

— Bonjour. Est-ce que nous sommes au bon endroit ? cria quelqu'un depuis la porte, et Addie se glissa sous son bras en couinant.

Elle se précipita pour étreindre une superbe femme aux cheveux cuivrés.

Damon n'était qu'à un pas derrière elle, impatient de revoir son ami Jim.

Ils avaient rendu visite à Lillie et Jim dans le Yukon l'été précédent, puis à nouveau à Noël. Ils s'étaient vus une demi-douzaine de fois au cours de l'année écoulée, mais c'était la première fois que leurs amis réussissaient à faire le voyage jusqu'en Écosse.

Lillie et Addie marchaient devant eux vers les jardins, les bras serrés l'un contre l'autre comme les meilleures amies qu'elles seraient toujours.

— On croirait que ces deux-là ne se sont pas parlé depuis des années, grommela Jim avec bonhomie, acceptant le cigare offert par Damon. Pourtant, cela fait moins de douze heures qu'elles ont skypé.

— Addie ne va jamais me pardonner d'avoir mis un mois entier pour brancher l'internet à haut débit, dit Damon d'une voix moqueuse.

— Ah ! répondit Jim avec un geste de la main. Vous n'étiez pas là pendant la plus grande partie de ce temps. Il me semble que c'était quand tu étais à New York en train de la présenter à la famille, et tous ces clans de loups que tu devais impressionner.

— Hé, ce n'était pas mon idée de prendre la tête de l'Écosse !

Avoir un loup Alpha à poil gris extrêmement majestueux qui s'était présenté un jour sur le pas de leur porte et qui lui avait simplement offert le commandement sans aucune effusion de sang avait été la chose la plus étrange qui soit.

Bon, certes, cela n'avait pas été vraiment aussi simple que cela, mais presque.

— Jamais je n'aurais cru que tu t'installerais, avoua Jim.

Damon observa les jardins et l'équipe de personne qui travaillent pour eux afin de faire fonctionner le manoir. Glenn le surprit en train de regarder et inclina la tête, se mettant en position pour garder discrètement les dames alors qu'elles se dirigeaient vers le labyrinthe.

Damon n'était plus un loup solitaire. Il avait trouvé sa compagne, et dans les mois qui avaient suivi, il avait trouvé des gens dont il prenait soin. Des gens qui tenaient à lui et à Addie. Leur meute était exactement comme Addie l'avait prédit. Loups isolés, renards, ours solitaires, et quelques tigres des Highlands, mais certainement pas les Sterling-Wylde.

Plus tard ce soir-là, ils étaient assis sur l'un des balcons, le délicieux dîner de grand-mère Susanna descendant dans leurs estomacs, Addie lovée sur ses genoux.

Une bouteille de whisky vintage était posée à côté de son coude, prête à être partagée avec leurs amis lorsqu'ils les rejoindraient dans quelques minutes.

— As-tu jamais pensé que c'est la tournure que prendrait ta vie ? chuchota Addie contre sa joue.

Son amour était comme un baiser éternel contre son cœur.

— Jamais.

Et pourtant...

En dessous d'eux, sur la grande étendue de pelouse, un loup métamorphe chargea, fonçant sur un ours qui venait juste de sortir des arbres, renversant la grande créature au sol. Damon rit doucement, songeant à son amitié avec Jim, à quel point elle avait semblé déplacée à bon nombre de gens, mais qu'elle s'était avérée vraiment juste.

— Jamais. Et pourtant, c'est ici qu'est ma place, lui dit-il, faisant basculer sa tête en arrière pour contempler ses grands et beaux yeux. Avec toi. Ma compagne.

Notre compagne, insista son loup.

Addie éclata de rire.

~

Vivian Arend, auteure de best-sellers au classement du *New York Times*, vous revient avec une série de romans courts et légers, avec des métamorphes de toutes sortes (ours, loups, lynx). Qu'ils soient unis par le destin ou victimes d'un coup de foudre, tous méritent une fin heureuse de conte de fées.

~

La Meute de Takhini
Le Roi du cuivre
Le Seigneur loup
Le Cœur d'une dame
Le Prince sauvage

~

Vivian fait actuellement traduire ses nombreuses séries. Merci de consulter son site web pour toutes les dernières informations.
www.vivianarend.com/fr

À PROPOS DE L'AUTEUR

Avec plus de 3 millions de livres vendus, Vivian Arend est une auteure de best-sellers figurant aux classements du New York Times et de USA Today. Elle a écrit plus de 70 romances contemporaines et paranormales.

Ses livres sont des romans intégraux qui peuvent se lire indépendamment de toute série et ne se terminent pas sur un suspense. Ce sont des histoires pleines d'humour et d'émotions, avec des moments sensuels et des fins heureuses. Vivian estime avoir le plus beau métier au monde. Elle habite en Colombie-Britannique, au Canada, avec son mari depuis plusieurs années (l'inspiration de chacun de ses héros et un compagnon volontaire pour toutes sortes d'aventures).